Steffen Gumpert

Schnapp den Dieb!

Spannende Rätselkrimis
zum Mitraten

Der Autor: Steffen Gumpert wurde an einem Mittwoch in Höxter/Westfalen geboren und bekam an einem Samstag an der HAWK Hildesheim sein Diplom als Grafikdesigner ausgehändigt. Allerdings lagen da einige Jahre dazwischen. An einem Dienstag zog er nach Berlin, wo er noch heute (inzwischen mit Familie) wohnt und glücklich ist.
Von dort aus verdient er seine Schrippen als Illustrator, Comiczeichner, Autor und Cartoonist für verschiedene Verlage und Kunden.

STEFFEN GUMPERT

SCHNAPP DEN DIEB!

Die kniffligsten Fälle des Knobelklubs Kieselklein

Ravensburger

MIX
Papier aus verantwortungsvollen Quellen
FSC® C111262
www.fsc.org

3 5 4 2

Originalausgabe

Text sowie Umschlag- und Innenillustrationen:

Steffen Gumpert wird vertreten durch die Agentur Brauer.

Printed in Germany

ISBN 978-3-473-53148-6

www.ravensburger.de

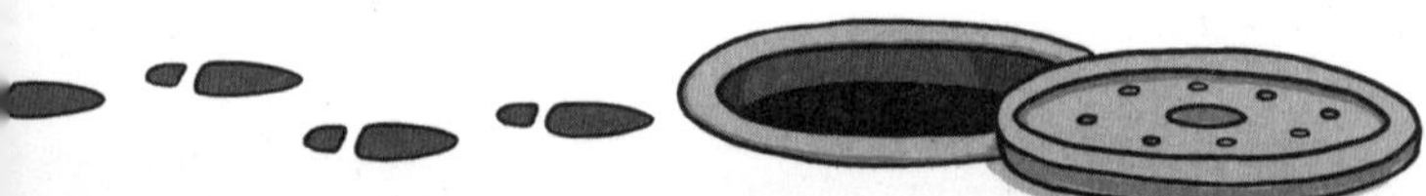

DIES IST DER KNOBELKLUB KIESELKLEIN,

eine kleine Gruppe von jungen und nicht mehr ganz so jungen Hobbydetektiven, die in dem kleinen Städtchen Bromberg den Dieben auf die Finger klopfen.

Kurt Kieselklein, der pensionierte Polizeiinspektor, kann auch im Ruhestand die Finger nicht von der Detektivarbeit lassen. Er begleitet daher seine Enkel nur allzu gern bei ihren Abenteuern.

Lilo heißt eigentlich Lisa-Lotta, ist ein absoluter Sportfreak und hat meist ihr Skateboard dabei. Sie ist mutig und clever und findet jede Spur – was sehr hilfreich sein kann, wenn Gecko Gurke wieder einmal verschwunden ist.

Tilo, Lilos Bruder, hat stets den Durchblick und löst für sein Leben gern knifflige Rätsel. In seinen Hosentaschen hat er stets jede Menge nützlichen Krimskrams, der den Detektiven schon oft bei der Lösung eines Falles behilflich sein konnte.

Gurke, Lilos giftgrüner Gecko, liebt es sonnig und warm und ist immer auf der Suche nach einem geeigneten Platz für ein Nickerchen.

EIN DIEBISCHER ZAUBERTRICK

Ruckartig fuhr Paul Plundermann aus dem Schlaf hoch. Was war das? Hatte er da nicht eben ein Geräusch gehört? Mit pochendem Herzen lauschte er in die Stille. Doch er konnte nichts Verdächtiges hören. Plundermann warf einen Blick auf seinen Wecker: Es war noch viel zu früh, die Müllabfuhr konnte es also nicht gewesen sein. Er entschloss sich, sicherheitshalber einmal nach dem Rechten zu sehen. Gähnend zog er sich die Pantoffeln über und machte sich auf den Weg nach unten in seinen Laden. Plundermann war Inhaber eines kleinen Kostümverleihs in der Bromberger Altstadt.

Als er den Geschäftsraum betrat und das Licht einschaltete, schien alles ruhig zu sein. Doch dann entdeckte er etwas, das nicht hierhergehörte. Offenbar war tatsächlich jemand im Laden gewesen! Schnell machte er sich auf den Weg, um seinen Nachbarn Kurt Kieselklein, einen pensionierten Polizeiinspektor, zu Hilfe zu holen.

Was hatte Plundermann entdeckt?

PRIVAT
WILLKOMMEN

Glücklicherweise waren Plundermanns Nachbarn, die Kieselkleins, Frühaufsteher. Der Großvater und seine Enkel Tilo und Lilo sowie Gecko Gurke lauschten dem Kostümverleiher, als er ihnen aufgeregt von dem Einbruch und der leuchtenden Taschenlampe berichtete, die er in einer Ecke seines Ladens entdeckt hatte.
Sofort machten sie sich auf den Weg zurück nach nebenan.
„Wurde denn etwas geklaut?“, fragte Lilo.
Plundermann schaute sich suchend im Laden um. „Keine Ahnung, hier ist immer so eine Unordnung. Aber vor ein paar Tagen war meine Schwester zu Besuch und hat Fotos im Geschäft gemacht. Seitdem wurde zwar wieder einiges umgeräumt, aber vielleicht fällt euch ja etwas auf“, antwortete er und gab den Kieselkleins einen Stapel Fotos in die Hand.
Und tatsächlich: Gleich auf dem ersten Bild entdeckte Lilo etwas, das jetzt nicht mehr da war.
Was fehlte?

Obwohl einige Kostüme inzwischen umgeräumt worden waren, hatte Lilo sofort erkannt, dass im Laden das Weihnachtsmannkostüm fehlte, das auf dem Foto hinten links an der Wand hing. Was wollte der Dieb nur damit? Aber viel wichtiger war: Wie war der oder die Unbekannte überhaupt in den Laden gelangt?

Die Eingangstür war unversehrt und durch die Wohnung konnte er auch nicht gekommen sein. Als die Detektive daraufhin das Hinterzimmer kontrollierten, das Herrn Plundermann als Abstellkammer diente, entdeckte Tilo recht schnell, wie der Täter das Haus betreten und auch wieder verlassen hatte. **Was war Tilo aufgefallen?**

„Schaut mal, da hinten links laufen Fußspuren über den Stuhl und die Lehne. Das kleine Fenster darüber wurde offenbar geöffnet, die Gardine hat sich dann beim Schließen darin verklemmt", erklärte Tilo.
Sofort ging der Knobelklub mit Herrn Plundermann über den Hinterausgang nach draußen, um sich den Tatort von außen anzuschauen. „Das Fenster wurde sehr fachmännisch geöffnet, da war ein Profi am Werk", bemerkte Opa Kieselklein, nachdem er das Fenster eingehend überprüft hatte. – „Seht mal", rief Lilo aufgeregt, „da liegt ein abgerissener Zettel neben den Mülltonnen. Jemand hat ‚Antonio 13' darauf notiert."

Tilo hatte inzwischen auch die Fußspuren untersucht. „Der Täter trägt Cowboystiefel in Größe 46 – bei so großen Füßen können wir eine weibliche Diebin wohl eher ausschließen. Aber leider endet die Spur an der Straße. Wahrscheinlich ist der Dieb in ein Auto gestiegen."
Plötzlich stutzte Opa Kieselklein. „Ich glaube, ich weiß wo der Zettel abgerissen wurde. Paul, alter Knabe, verlass dich auf uns, wir finden den Dieb! Der Knobelklub Kieselklein hat einen neuen Fall! Los, Kinder, ab ins Auto. Wir haben eine neue Spur."
Was hatte Kurt Kieselklein entdeckt?

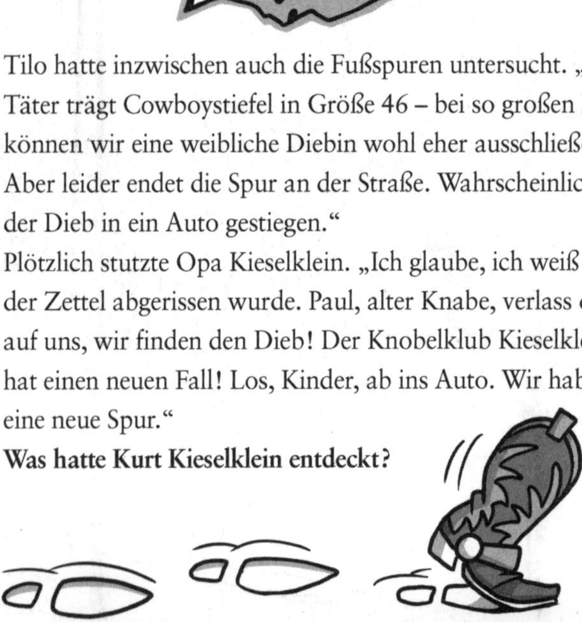

ZIRKUS
23. DEZ
STPLATZ
URLAUB IN DEN ALPEN
TRINK RÜLPSI-COLA
VERMISST: SCHNUFFI

„Wo fahren wir hin?“, wollte Tilo wissen, als die vier in Opas altem Auto durch die schneebedeckten Straßen der Stadt brausten.

„Der abgerissene Zettel stammt von dem Zirkusplakat an der Wand“, antwortete Kurt Kieselklein. „Vielleicht ist es ja kein Zufall und der Dieb wollte dorthin. Es ist unsere einzige Spur. Wir sollten uns dort auf jeden Fall einmal umschauen. Jetzt darf ich mich nur nicht auf dem Weg dorthin verfahren.“

Welcher Weg ist der richtige?

ZIRKUS

Glücklicherweise wählte Opa Kieselklein die richtige Strecke (Weg Nummer 3), sodass die Detektive bereits nach kurzer Zeit ihr Ziel erreichten. Dort angekommen parkten sie den Wagen und machten sich auf den Weg, das Zirkusgelände einmal genauer unter die Lupe zu nehmen.

So früh am Morgen war das Gelände noch geschlossen, aber vielleicht entdeckten sie auch so einen Hinweis. Wie erwartet schliefen die meisten Artisten und Akrobaten noch. Lediglich ein einzelner Mitarbeiter schippte den Schnee von den Wegen. Ansonsten war weit und breit keine Menschenseele zu sehen.

„Das wird wohl kaum unser Täter sein, sonst würde er hier nicht in aller Seelenruhe den Weg freischaufeln", sagte Lilo und kratzte sich vorsichtig am Kopf, damit sie Gurke nicht herunterstieß. – „Außerdem trägt er Gummistiefel, er kann also nicht unser Dieb sein", bemerkte Tilo. „Aber wisst ihr noch, was auf dem abgerissenen Zettel stand? Schaut mal da drüben. Ich glaube, ich weiß, wo unser Täter hinwollte!" – „Du hast recht, Junge", sagte Opa Kieselklein. „Lasst uns dem Herrn dort schnell Bescheid geben, damit er uns aufs Gelände lässt!" **Wovon sprach Tilo?**

BÜHNENEINGANG
DER GROSSE ANTONIO
PONYREITEN
EINGANG
TICKETS
LAGER
WC
BÜHNE
CAFÉ
13
DER SCHLAUE AUGUST
9
EINGANG
ZIRKUS
1.-23. DEZ FESTPLATZ
ZIRKUS
ZIRKUS

Auf dem abgerissenen Zettel war die Notiz „Antonio 13“, und als Tilo nun den Wagen mit der Nummer 13 erblickte, über dessen Tür „DER GROSSE ANTONIO“ geschrieben stand, vermutete er, dass der Dieb dort hinwollte.
Nachdem sie dem freundlichen Arbeiter die Situation erklärt hatten, machten sie sich auf die Suche nach dem Großen Antonio. Sie fanden den Zauberer in der Kantine, wo er die ganze Nacht mit seinen Kollegen Karten gespielt hatte. Als sie zusammen zu dessen Wagen gingen, sahen sie, dass die Tür aufgebrochen war.
„Jemand hat meinen Wagen durchwühlt und meine magische Box geklaut!“, rief Antonio aufgeregt, nachdem er sich umgesehen hatte. „Ohne sie kann ich nicht mehr auftreten. Und die Perlenkette meiner Großmutter haben die Diebe auch noch mitgenommen.“
„Keine Sorge“, beruhigte ihn Lilo, „wir sind dem Dieb schon auf der Spur. Ihre Zauberbox finden wir bestimmt bald wieder. Und Ihre Perlenkette wurde im Übrigen gar nicht gestohlen, sie ist immer noch hier im Wagen!“
Wo entdeckte Lilo das vermisste Schmuckstück?

Nachdem der Große Antonio voller Erleichterung seiner Taube im Käfig die Perlenkette abgenommen hatte, schauten sie sich nochmals gründlich im ganzen Zirkuswagen um. Aber die magische Box blieb verschwunden.
Enttäuscht machten sich die Kieselkleins auf den Weg zurück zum Auto. Diesmal schien ihnen der Täter entkommen zu sein. „Woher wusste der Dieb eigentlich von der magischen Box und in welchem Wagen er nach ihr suchen musste?“, fragte Tilo.
„Wahrscheinlich von dem Plakat an der Wand“, erklärte Opa Kieselklein. „Das zeigt doch den Zauberer mit seiner Box – und bei dem am Eingang ist im Hintergrund auch der Zirkuswagen deutlich zu sehen! Keine Ahnung, was der Dieb damit vorhat. Aber sagt mal, wo ist eigentlich Gurke?“
Genau in dem Moment flitzte der Gecko um die Ecke. Im Maul trug er einen Zettel, den er offenbar irgendwo gefunden hatte – und den er ihnen nun unbedingt zeigen wollte. Als Lilo ihn Gurke allerdings aus dem Maul nehmen wollte, zerriss er in viele kleine Fetzen.
Nur mühsam konnten die Detektive ihn wieder zusammenpuzzeln. Dann jedoch sahen sie, was Gurke da entdeckt hatte, und wussten, wo sie nach dem Dieb Ausschau halten sollten. Denn das konnte kein Zufall sein!
Was stand auf dem Zettel?

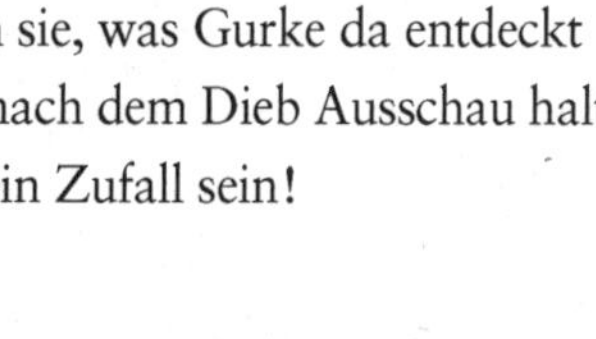

WIR
EN WE
DIE
R
STEL
IHNA
ADVE
NGST
09
LEN EIN:
CHTSM
NTS
ANN
TAGE.
IN
HR
EI
FÜR
BEWE
AM S
BU
MSTAG
LIER KL
NER WE
***
RM
.00 UH
NKER
G 8
A
JUWE
GRÜ
**

So lautete der Text auf dem Zettel.
„Stimmt, diesen Aufruf habe ich gestern in der Zeitung gesehen“, brummte Opa Kieselklein. „Ein Bewerbungstermin für Weihnachtsmänner beim stadtbekannten Juwelier Klunker – wenn das mal nicht eine Gelegenheit ist, für die man eine Kostümierung gebrauchen könnte.“ – „Ich glaube, unser Dieb plant noch einen weit größeren Diebstahl“, fügte Tilo hinzu. „Der Termin ist in einer halben Stunde. Unser Täter scheint sich nicht rechtzeitig gekümmert zu haben, sonst hätte er nicht erst im letzten Moment eine Verkleidung stehlen müssen.“ – „Du hast recht, los, schnell zurück zum Auto!“, kommandierte Opa Kieselklein. „Wenn wir uns beeilen, erwischen wir ihn auf frischer Tat!“
Als die Detektive um kurz nach neun beim Juwelier Klunker ankamen, stand bereits die ganze Straße voll mit kostümierten Bewerbern. Mit solch einem Andrang hatten die vier nicht gerechnet. Lilo seufzte. „Es wird nicht leicht werden, unter all den Weihnachtsmännern und -frauen unseren Täter zu finden.“
„Irrtum!“, entgegnete Opa Kieselklein. „Ich habe ihn bereits entdeckt. Er trägt immerhin sehr auffällige Schuhe. Tilo, lauf los und hol einen Polizisten zur Verstärkung. Hier wird gleich ein Verbrechen geschehen!“
Wo befand sich der Verdächtige?

JUWELIER KLUNKER

Der blassrosa Karfunkel

Der verdächtige Mann lief gerade in den Laden hinein. Opa Kieselklein hatte ihn an seinen Cowboystiefeln erkannt. Ein paar Minuten später kamen Tilo und Gurke auch schon mit Oberwachtmeister Schulze zurück. Dieser hatte sich nicht lange bitten lassen und die beiden umgehend zum Geschäft begleitet. „Beim Juwelier Klunker wird momentan der blassrosa Karfunkel ausgestellt, ein überaus wertvoller Edelstein. Er ist eine Leihgabe des Sultans von Sumsunsibai. Bestimmt hat der Dieb es darauf abgesehen!“, brummelte der Beamte.

Genau in dem Moment ging der Alarm los. Sofort eilten die Detektive gemeinsam mit dem Oberwachtmeister in den Laden. Dort herrschte ein heilloses Durcheinander. „Der Weihnachtsmann hat den Karfunkel gestohlen!“, schrie die Verkäuferin schrill und zeigte auf die zerstörte Vitrine auf dem Tresen vor sich.

Doch welchen Weihnachtsmann meinte sie? Der ganze Laden war voll mit kostümierten Leuten. Und auch der Sicherheitsmann war komplett überfordert.

„Keiner verlässt das Geschäft, bis wir den Dieb gefunden haben!“, rief Oberwachtmeister Schulze.

„Das wird nicht allzu lang dauern“, erwiderte Lilo. „Ich glaube, ich habe unseren Verdächtigen bereits entdeckt.“

Woran erkannte Lilo den Dieb?

Lilo hatte den Weihnachtsmann an seinem karierten Beutel wiedererkannt. Und tatsächlich handelte es sich um den Verdächtigen mit den Cowboystiefeln.
„So eine Unverschämtheit, mich einfach so zu verdächtigen“, entrüstete der sich. „Ich bin unschuldig, Herr Oberwachtmeister. Wenn Sie mir nicht glauben, können Sie mich gern durchsuchen und meine Taschen kontrollieren. Ich habe den Diamanten nicht gestohlen!“
Das ließ sich der Polizeibeamte nicht zweimal sagen. Umgehend untersuchte er den Mann und breitete den Inhalt seiner Taschen und seines Beutels auf dem Tresen aus.
„Hm“, brummte Oberwachtmeister Schulze, „nichts Ungewöhnliches: Münzen, Schlüssel, eine leere Trinkflasche, Kaugummi, eine Mundharmonika, ein Foto von einem Hund in einem Briefumschlag, Stifte, Zettel, Taschenmesser, eine Brotdose, Streichhölzer, Pfeife, Kamm, eine Spielkarte und eine Gummiente – aber keine Spur von dem Karfunkel. Ich befürchte, wir müssen den Mann laufen lassen.“
„Einen Moment noch, Herr Oberwachtmeister!“, meldete sich Tilo zu Wort. „Hier ist etwas sehr merkwürdig. Ich glaube, ich weiß, wo er den Diamanten versteckt hat!“
Wo vermutete Tilo den gestohlenen Edelstein?

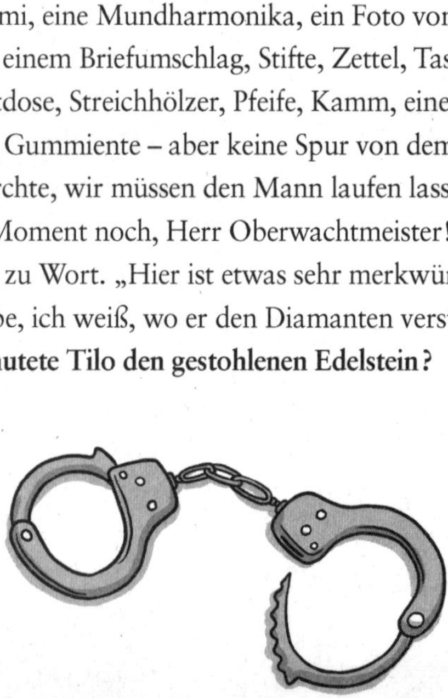

BLUB

„Seht mal", sagte Tilo. „Die Brotdose ist innen viel flacher als außen. Bestimmt hat sie einen doppelten Boden."
„Oha!", unterbrach ihn Lilo, „dann ist das gewiss die magische Box des Großen Antonio!" Und tatsächlich: Bei näherer Untersuchung entdeckte Oberwachtmeister Schulze in der Kiste einen doppelten Boden. Darunter lag der gestohlene Diamant.
Auf frischer Tat ertappt gestand der Täter zähneknirschend alle drei Diebstähle. Ja, er hatte das Kostüm bei Herrn Plundermann entwendet, um sich unerkannt unter die anderen Weihnachtsmänner zu mischen. Und die Box des Zauberers sollte als Versteck für den Diamanten herhalten, damit er unbehelligt den Tatort verlassen könnte.
„Hättet ihr nichts von dem Einbruch beim Kostümverleih und beim Zirkus gewusst, wärt ihr mir niemals auf die Schliche gekommen", knurrte der Verbrecher, als Oberwachtmeister Schulze ihm die Handschellen anlegte.
„Tja", erwiderte Opa Kieselklein, „den Knobelklub Kieselklein führt niemand so schnell hinters Licht."
Dann wurde der Dieb durch die Reihen staunender Weihnachtsmänner hindurch abgeführt und die Juwelierin bekam den Diamanten zurück. Alle waren zufrieden.
Nur Lilo stutzte und sah sich suchend um.
Wo steckte eigentlich Gurke?

JUWELIER KLUNKER
HO

DIE DAME MIT BLUME UND PUDEL

So ein Unglück: Ausgerechnet mitten im finsteren Rauschewald musste Opas alter Renault liegen bleiben. „Es sieht so aus, als ob ein Marder die Kühlleitungen durchgenagt hat. Der Motor ist heiß gelaufen.“ Opa Kieselklein schloss seufzend die Motorhaube. „Es hilft nichts. Wir müssen einen Abschleppwagen rufen!“

„Na toll!“, rief Tilo. „Und das ausgerechnet hier, wo man keinen Handyempfang bekommt. Wir müssen uns wohl selber auf den Weg machen, um Hilfe zu holen.“

„Tja, das wäre einfacher, wenn wir uns nicht auch noch verfahren hätten“, murmelte Lilo und warf Opa Kieselklein einen bösen Blick zu.

„Tut mir leid, ich bin hier noch nie langgefahren“, entschuldigte er sich. „Los, kommt, folgen wir einfach der Straße.“

Entschlossen machten sich die vier auf den Weg. Nach wenigen Minuten kamen sie an eine Kreuzung mit einem alten umgefallenen Wegweiser, dessen Schilder zerbrochen waren. Welchen Weg sollten sie nun nehmen?

„Kein Problem!“ Lilo strahlte. „Wenn wir in diese Richtung gehen, stoßen wir garantiert auf ein Haus!“

Von welchem Weg sprach Lilo?

Teufelssc
Dorne
Nebels
Jam
umpf
Trän
hlucht
mersee
envilla
nwald

Auf den Schildern standen Orte wie „Teufelsschlucht“, „Dornenwald“, „Jammersee“ und „Nebelsumpf“. Nur das Schild mit der Aufschrift „Tränenvilla“ klang vielversprechend und ließ auf ein Haus schließen. Also folgten die Kieselkleins dem Wegweiser mit dem Tränensymbol nach rechts. Doch noch waren sie nicht am Ziel. **Findest du den richtigen Weg durch den Wald?**

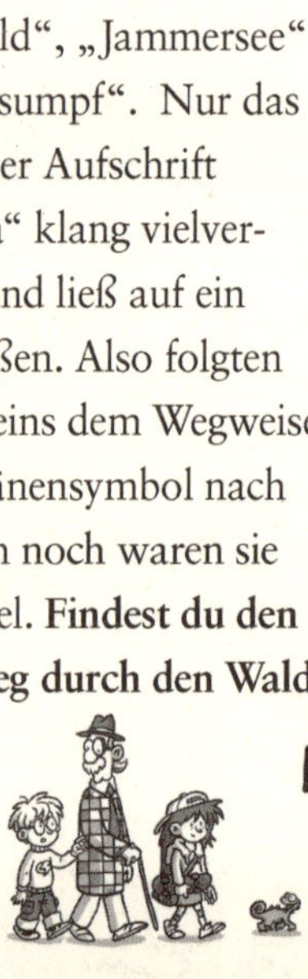

Tränenvilla

Nachdem der Knobelklub Kieselklein dem Weg eine Weile kreuz und quer durch den Rauschewald gefolgt war, standen sie endlich vor der Tränenvilla. Doch auf ein funktionierendes Telefon konnten sie nicht hoffen: Das Haus wirkte verlassen und sah ziemlich heruntergekommen aus. Und am Zaun hing ein Schild mit der Aufschrift „Privatgrundstück. Betreten verboten".

„Verflixt noch mal", schimpfte Lilo, „heißt das, wir sind den ganzen Weg umsonst gelaufen?"

„Ich fürchte, ja", erwiderte ihr Großvater. „Das Haus sieht wirklich nicht bewohnt aus!"

Die Detektive wollten sich gerade unverrichteter Dinge wieder auf den Rückweg machen, als Gurke, der auf einen Baum geklettert war, plötzlich einen keckernden Ruf ausstieß, um die anderen auf etwas hinzuweisen.

Und tatsächlich: Als Tilo das Haus noch mal genauer unter die Lupe nahm, sah auch er, was der Gecko entdeckt hatte.

„Gurke hat recht!", rief er. „Schaut mal dort drüben, ich glaube, es ist doch jemand in der alten Villa. Lasst uns einmal nachsehen!"

Was hatte Gurke entdeckt?

Privat-
grundstück
Betreten
verboten

Die brennende Glühbirne im Fenster im Obergeschoss war der Beweis dafür, dass sich doch jemand in der Villa aufhalten musste. Die Detektive gingen durch den Vorgarten auf die Eingangstür zu. Doch diese war verschlossen, und auf ihr Klopfen und Rufen erhielten sie keine Antwort.

„Es muss aber jemand im Haus sein", überlegte Tilo. „Oder hat der Besitzer nur vergessen, das Licht auszumachen? Vielleicht ist ihm ja auch etwas passiert? Wir sollten drinnen mal nach dem Rechten sehen!"

„In diesem Fall gebe ich dir recht", sagte Opa Kieselklein, „aber ohne Schlüssel kommen wir nicht ins Haus. Wir können die Tür schließlich nicht einfach aufbrechen!"

„Das müssen wir auch nicht." Lilo grinste. „Wir können doch einfach den Zweitschlüssel nehmen! Der Besitzer des Hauses hat sich nicht die Mühe gemacht, ihn allzu gut zu verstecken!"

„Also schön." Opa guckte leicht besorgt. „Dann lasst uns drinnen nachschauen, ob alles in Ordnung ist und ob wir nicht doch ein Telefon finden. Aber seid bitte vorsichtig. Wir wissen nicht, was uns dort erwartet!"

Wo befand sich der Zweitschlüssel?

Vorsichtig öffnete Lilo die Tür mit dem Schlüssel, den sie hinter der rechten Säule an der Wand entdeckt hatte.
Im Inneren standen überall Möbel und Gegenstände der Vorbesitzer herum und alles war mit einer dicken Staubschicht bedeckt. Bewohnt wirkte das Haus wirklich nicht.
„Hallo? Ist hier jemand?“, rief Opa Kieselklein, doch er erhielt keine Antwort. – „Sollen wir uns einmal im Haus umschauen?“, fragte Lilo. „Vielleicht hat der Besitzer uns nur nicht gehört.“ – „Okay, aber fasst nichts an“, mahnte Opa Kieselklein.
Die vier teilten sich auf und kontrollierten jeden einzelnen Raum im Haus. Nach einer Weile trafen sie sich wieder im Salon im Erdgeschoss. „Wir haben alle Zimmer durchsucht. Hier ist kein Mensch und kein Telefon!“, murrte Tilo, der gerade aus den oberen Stockwerken die Treppe herunterstieg. „Ich habe das Licht ausgemacht. Lasst uns verschwinden!“ – „Nicht so schnell!“, antwortete Lilo. „Es gibt hier noch ein geheimes Zimmer, das wir nicht überprüft haben. Ich habe es gerade erst entdeckt!“

Wovon sprach Lilo?

Das große Bild von der Frau mit dem Rüschenkragen stand ein wenig von der Wand ab und dahinter hatte Lilo einen geheimen Eingang entdeckt.
„Wer einen Geheimgang hat, der hat auch etwas zu verbergen“, überlegte Opa Kieselklein. „Wir sollten ab jetzt ganz leise und wachsam sein – und uns so geräuschlos wie möglich umsehen!“ – „Das mache ich“, sagte Tilo aufgeregt. „Anschleichen ist meine Spezialität!“
Nur wenige Augenblicke später hatte er das Bild zur Seite geklappt und war – geschickt wie ein Eichhörnchen – hineingeklettert. Gurke schlich ihm hinterher, während die anderen zwei am Einstieg warteten.
Hinter dem Bild befand sich ein Geheimgang mit einer Wendeltreppe, die in einen beleuchteten Kellerraum mündete. Tilo schaute vorsichtig um die Ecke.
Vor sich erblickte er eine verdächtig aussehende Frau mit Baskenmütze, die hier im Verborgenen ihrer Arbeit nachging. **Womit beschäftigte sich die geheimnisvolle Frau?**

1
2
3
4
5
6
7
8
9
10
11
12
13
14
15
16
17
18
19
20
21
22
23
24
25
26
27
28
29
30
31
32
33
34
35
36
37
38
39
40
41
42
43
44
45
46
47
48
49
50
51
52
53
54
55
56
57
58
59
60
61
62
63
64
65
66
67
68
69
70
71
72
73
74
75
76
77
78
79
80
81
82
83
84
85
86
87
88
89
90
91
92

„Der Gang führt zu einem geheimen Raum, wo eine mysteriöse Frau vor einer Staffelei steht und immer wieder das gleiche Bild malt“, berichtete Tilo, nachdem Gurke und er unentdeckt zu den anderen zurückgekehrt waren. „Da ist eine Frau mit einem Pudel drauf.“ – „Das klingt ja verdächtig nach dem berühmten Gemälde ‚Dame mit Blume und Pudel‘, das ab heute im Museum Gräulich ausgestellt wird!“, grübelte Opa Kieselklein. „Es stammt von dem bekannten Maler Gregor Grell und ist sehr wertvoll.“ Ein plötzliches Geräusch ließ die Detektive aufhorchen. Gerade noch rechtzeitig schafften sie es, sich zu verstecken. Denn nur wenig später kletterte die unbekannte Frau aus dem Loch in der Wand und lief an ihnen vorbei aus dem Haus. Vom Fenster aus beobachteten die Kieselkleins, wie die Unbekannte auf ein Rad stieg und davonradelte.

„Habt ihr gesehen? Sie hatte eines der Bilder unter dem Arm!“, rief Tilo. „Los, Lilo, steig auf dein Skateboard und verfolge sie!“

„Aber sei vorsichtig!“, fügte Opa hinzu. „Hier hast du mein Handy, ruf Oma an, sobald du kannst, und sag ihr, wo du steckst. Wir kommen dann dorthin. Ich habe da nämlich gerade eine Idee, wie wir vielleicht doch noch einen Abschleppwagen rufen können!“

Was meinte Opa Kieselklein?

Opa Kieselklein schnappte sich das Funkgerät, das er unter dem Bett entdeckt hatte, schaltete es ein und begann zu funken.
Schon nach kurzer Zeit hatte er jemanden erreicht und mit deren Hilfe einen Abschleppdienst gerufen. Jetzt mussten sie nur noch zum Wagen zurück und dort warten.
Währenddessen nahm Lilo auf ihrem Skateboard die Verfolgung der verdächtigen Malerin auf.
Allzu gut kam sie auf dem feuchten Waldboden allerdings nicht vorwärts. So würde sie den Vorsprung der Radlerin nicht aufholen. Dafür aber konnte sie deren Reifenspur wunderbar erkennen und ihr problemlos folgen.

An der nächsten Kreuzung blieb Lilo stehen und stutzte. Hier waren plötzlich mehrere Fahrradspuren zu sehen, die alle in eine andere Richtung führten.
Einen Augenblick lang schaute Lilo verwirrt auf der Kreuzung hin und her, dann hatte sie die richtige Spur wiedergefunden und wusste, welchen Weg die geheimnisvolle Frau genommen haben musste.
Welchen Weg musste Lilo nehmen?

Das Muster der Reifenspur und dessen Richtung verrieten Lilo, dass sie dem rechten Weg folgen musste.
Entschlossen nahm sie wieder die Verfolgung auf. Nach etwa einer halben Stunde tauchten die ersten Hausdächer hinter den Bäumen auf und schon wenige Minuten später erreichte Lilo den Stadtrand von Bromberg. Doch hier endete die Reifenspur.
Auf dem groben Kopfsteinpflaster der Straße war von der Malerin nichts mehr zu sehen. Wo war die Verdächtige mit dem gefälschten Bild nur hingefahren?
Plötzlich entdeckte Lilo einen Hinweis – und als sie sich weiter umsah, fand sie einen eindeutigen Beweis dafür, dass sie auf dem richtigen Weg war. Denn die Frau hatte etwas verloren.
In diesem Moment klingelte das Handy in ihrer Tasche. Das hatte sie in der Aufregung ja ganz vergessen! Es war ihre Oma, Klara Kieselklein: „Den anderen geht es gut. Sie haben mir alles berichtet und sind bereits im Abschleppwagen auf dem Rückweg“, berichtete sie.
Schleunigst erzählte Lilo ihrer Großmutter von der Verfolgung, den Hinweisen und ihrem Verdacht, welches Ziel die Malerin wohl im Auge hatte, damit Opa Kieselklein, Tilo und Gurke ihr nachkommen konnten.
Welche Hinweise verrieten Lilo die Richtung?

W
S
N
O
Wirtshaus
Biergarten
Museumsstraße
Tannengasse
23

„Opa hat erzählt, dass die ‚Dame mit Blume und Pudel' ab heute im Kunstmuseum Gräulich ausgestellt wird", berichtet Lilo ihrer Großmutter. „Also bin ich dem Straßenschild in die Museumsstraße gefolgt. Dort habe ich die Reifenspuren der Malerin wiederentdeckt und ein Stück weiter die sternförmige Brosche von der Mütze der Malerin auf dem Gehweg gefunden. Da wusste ich, dass ich auf dem richtigen Weg bin. Sag bitte den anderen, dass wir uns am Museum treffen!"

Kurz darauf erreichte Lilo das Museum und bereits wenige Minuten später traf auch der Rest des Knobelklubs mit einem Taxi dort ein.

Vor dem Gebäude hatten sich bereits unzählige Menschen versammelt, die ungeduldig darauf warteten, dass die Ausstellung endlich eröffnet werden würde. In diesem Chaos würde es nicht leicht werden, die Verdächtige wiederzufinden. Die vier mischten sich unter die Besucher und hielten nach der Malerin Ausschau. „Hey, ich habe die Frau entdeckt!", rief Tilo plötzlich und winkte die anderen zu sich. „Seht mal, da hinten steht sie. Aber wisst ihr was? Sie hat offenbar einen Komplizen!"

Was hatte Tilo beobachtet?

MUSEUM
JUTE

Tilo hatte die Frau an ihrer Mütze erkannt – und nicht weit von ihr versuchte ein Museumsmitarbeiter in Uniform, das eingepackte Bild durch eine Seitentür ins Museum zu schmuggeln.

„Das ist in der Tat sehr verdächtig!", bemerkte Opa Kieselklein. „Lasst uns besser gleich dem Sicherheitsdienst des Museums Bescheid geben."

Genau in diesem Augenblick wurden die Türen geöffnet. Die Detektive folgten den Besuchern und standen schon Augenblicke später in der Eingangshalle vor einer Hinweistafel, um sich zu orientieren.

Doch das Schild stellte sich als keine große Hilfe heraus: Etliche Buchstaben waren herausgefallen und lagen auf dem Boden, die Worte auf der Tafel waren quasi unlesbar. „Oje", seufzte Tilo. „Wie finden wir denn jetzt heraus, wo das Bild hängt oder wie wir dem Museumswärter Bescheid geben können?"

„Keine Sorge." Lilo lächelte beruhigend. „Die Buchstaben zurückzustecken ist ganz einfach. Ich weiß schon, was die einzelnen Wörter bedeuten und wo wir langgehen müssen!"

Kannst du die fehlenden Buchstaben ergänzen?

GEM LDEG ERIE
S ULP REN LLE
TOS ML NG
D CK RA IKEN
SEU W RTER
NSTBI LI THEK
VERMISST:
BELOHNUNG!

Die Wörter auf der Tafel lauteten: Gemäldegalerie, Skulpturenhalle, Fotosammlung, Druckgrafiken, Museumswärter und Kunstbibliothek. Während also Lilo zum Museumswärter spurtete, machten sich die anderen drei auf, um in der Gemäldegalerie das Bild zu suchen.

Findest du den richtigen Weg?

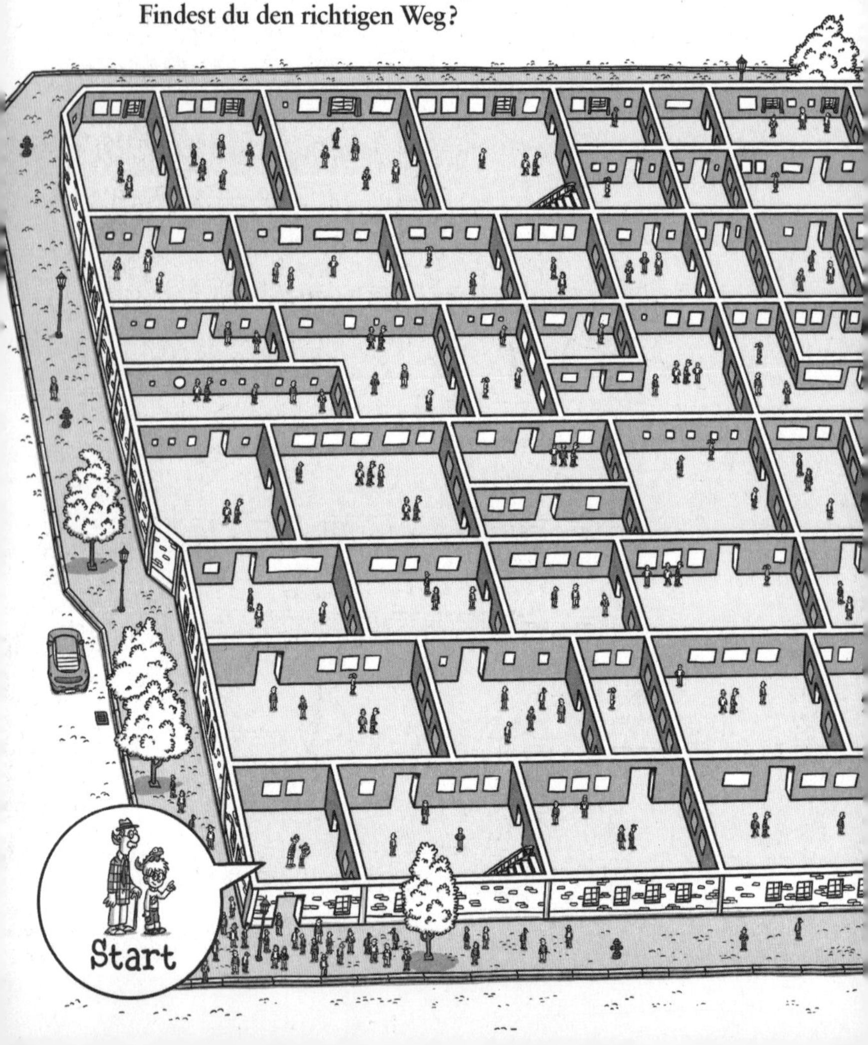

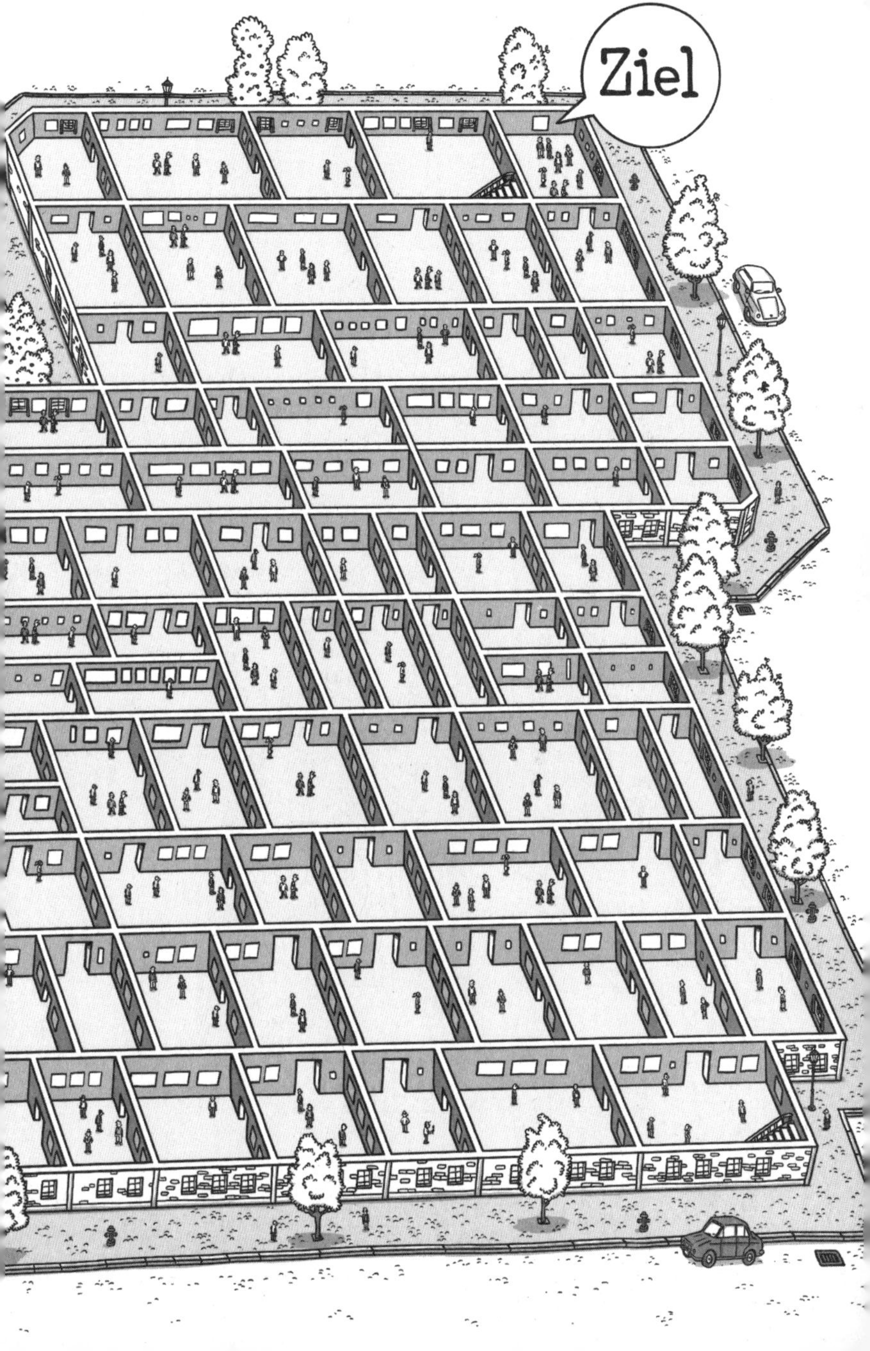
Ziel

Als sie endlich vor dem Gemälde standen, verglich Opa Kieselklein nachdenklich das Bild an der Wand mit einer Abbildung im Museumsprospekt. Kurz darauf kam auch bereits Lilo mit einem schnaufenden Museumsangestellten angelaufen. „Die Bilder sind vertauscht worden“, meinte Opa Kieselklein schließlich. „Bei dem Bild an der Wand handelt es sich um eine Fälschung. Es unterscheidet sich vom Original an insgesamt zwölf Stellen.“

Welche zwölf Unterschiede meinte der Großvater?

Nachdem Kurt Kieselklein dem Museumsangestellten die zwölf Unterschiede gezeigt hatte, verständigte dieser sogleich über Funk seine Kollegen. Daraufhin wurden alle Besucher in die große Halle gebeten. Auf diese Weise konnte der Täter nicht so leicht entkommen.

Die Detektive sahen sich aufmerksam im Raum um. Die Frau mit der Mütze war vorhin ebenfalls ins Museum hineingegangen. Aber nun schien sie wie vom Erdboden verschluckt.

„Ich bitte um Verzeihung, meine Damen und Herren“, begann einer der Museumswärter zu erklären, „aber ein wertvolles Kunstwerk ist entwendet worden. Und der oder die Täter befinden sich höchstwahrscheinlich noch im Museum. Wir bitten noch einen Moment um Ihre Geduld, bis wir die betreffende Person ausfindig gemacht haben.“

Lautes Gemurmel brach aus und die Besucher schauten einander skeptisch an.

Die vier vom Knobelklub Kieselklein suchten währenddessen fieberhaft nach der Verdächtigen.

Plötzlich stieß Tilo einen Schrei aus: „Da ist sie! Fast hätte ich sie nicht erkannt, sie hat nämlich ihr Aussehen verändert!“

Wo hatte Tilo die Malerin ausfindig gemacht?

„Seht mal, da vorne bei den Museumswärtern, hinter der blonden Dame mit dem großen Hut“, sagte Tilo aufgeregt. „Sie hat zwar ihre Mütze und ihre Brille am Dinosaurierskelett an der Wand versteckt und ihre Haare zu einem Zopf gebunden, aber die zwei markanten Leberflecken auf der Wange haben sie verraten.“

„Ihr könnt mir gar nichts nachweisen!“, zischte die Frau, als zwei der Wachmänner sie in Gewahrsam nahmen. –

„Irrtum“, antwortete Opa Kieselklein, „wir wissen, wo Ihre Werkstatt ist, dort finden sich genug Beweise. Und nun werden wir uns um Ihren Komplizen kümmern, der die Bilder vertauscht hat.“

Der Komplize war schnell gefunden, denn er saß seelenruhig im Überwachungsraum. „Ich habe mit alledem nichts zu tun“, sagte er mit Unschuldsmiene. „Überprüfen Sie doch die Aufzeichnungen der Kameras, da werden sie nichts finden. Ich war die ganze Zeit hier!“

„Natürlich. Sie werden schon dafür gesorgt haben, dass die Aufnahmen der Tat verschwinden“, brummte Opa Kieselklein mürrisch.

„Aber das gestohlene Bild hat er noch nicht aus dem Gebäude schmuggeln können!“, entgegnete Lilo vergnügt. „Und ich weiß auch, wo er es versteckt hat.“

Wo befand sich das Gemälde?

„Der verdächtige Wachmann hat schließlich gestanden", berichteten Lilo und Tilo freudestrahlend ihrer Großmutter, als sie später am Nachmittag gemütlich bei einer Tasse Tee im Wohnzimmer des großelterlichen Hauses saßen.
„Er hat für seine Komplizin die Bilder vertauscht und sollte die echte ‚Dame mit Blume und Pudel' aus dem Gebäude schmuggeln. Doch dazu ist er nun nicht mehr gekommen. Er hatte das Bild im Überwachungsraum in einem Stromkasten hoch oben unter der Decke versteckt und gehofft, wir würden es dort nicht entdecken."
„Da hat er sich aber gewaltig geirrt, nicht wahr?", schmunzelte Oma Kieselklein und ließ zwei Stücke Kandis in ihrer Teetasse verschwinden. „Meinem lieben Knobelklub Kieselklein macht eben so schnell keiner etwas vor. Aber sagt mal, habt ihr Gurke gar nicht wieder mitgebracht? Ich habe ihn heute noch gar nicht gesehen!"
„Doch, der ist da", sagte der Großvater lächelnd, „aber er hatte wohl genug Aufregung für einen Tag und muss sich jetzt erst einmal ein wenig ausruhen."
Kannst du entdecken, wo Gurke sich versteckt hat?

GEISTERSTUND' IM TANNENGRUND

„Nun beeil dich mal ein bisschen", schimpfte Lilo mit ihrem Bruder, „sonst verpassen wir noch unseren Zug!" – „Ich hab's ja gleich!", schnaufte Tilo, während er hastig seine Sachen in den Rucksack stopfte. Die Geschwister hatten mit ihrem Großvater an diesem Wochenende einen Wanderausflug in die Finsterberge geplant. Doch wie immer hatte Tilo erst im letzten Moment begonnen, seinen Rucksack zu packen. Da war er einfach unverbesserlich. Lilo hatte ihm zwar extra eine Packliste geschrieben, damit er auch nichts vergisst, aber so wie sie ihren Bruder kannte, würde Tilo trotzdem etwas übersehen.
„So, fertig", murmelte Tilo, warf sich den Rucksack auf den Rücken und folgte seiner Schwester und Gurke nach draußen, wo Opa Kieselklein in der Morgensonne bereits auf sie wartete.
Der Bahnhof war zum Glück nicht allzu weit, sodass sie zu Fuß dorthin laufen konnten. Schnell machten sie sich auf den Weg zum Zug. Doch halt! Hatte Tilo nicht doch wieder etwas von seiner Liste vergessen?
Was hatte Tilo übersehen?

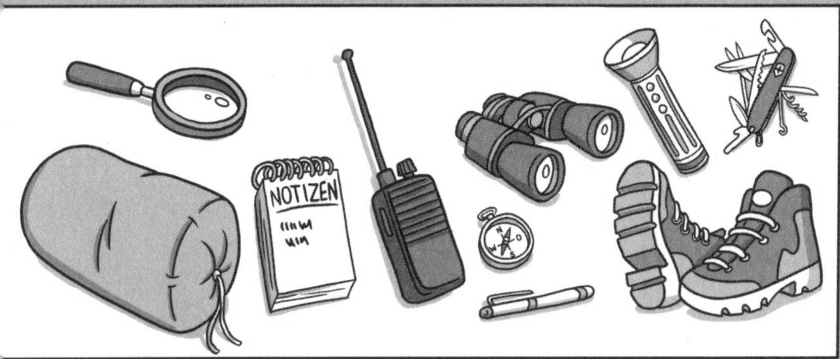
NOTIZEN

STOP

„Verflixt, ich habe meinen Kompass vergessen!“, bemerkte Tilo nach einem Blick in seinen Rucksack. Doch da saßen die vier bereits im Zug nach Tannengrund.
„War ja klar“, brummte Lilo und verdrehte die Augen. „Lag der nicht letztens bei dem ollen Dinosaurier auf deinem Schreibtisch? Tja, dann dürfen wir uns wohl nicht verirren.“
Der Zug fuhr an und ruckelte langsam übers Land, hinein in die Berge. Die vier dösten vor sich hin. Jetzt durften sie nur nicht einschlafen, sonst verpassten sie womöglich noch ihren Ausstieg! Sie mussten wach bleiben.

Tilo riss die Augen auf. Verflixt! Nun waren sie doch eingenickt. Nervös sah Tilo nach draußen. Die Uhr auf dem Bahnhof, in den der Zug gerade einfuhr, war keine große Hilfe, dort fehlte der Stundenzeiger. Und auch die Zeit auf der Anzeige war nicht zu lesen. Tilo warf einen Blick auf den Fahrplan. Um 12:33 Uhr mussten sie in Tannengrund aussteigen. Tilo wurde nervös.
„Keine Sorge!“, beruhigte ihn seine Schwester. „Wir haben noch jede Menge Zeit!“
Wo befanden die vier sich gerade?

1 Bromberg
1603 nach Waldesruh
Ankunft 15 Minuten später
GLEIS1
Innenstadt
MUTTI

„Guck mal auf die Anzeigetafel.“ Lilo zeigte mit dem Finger aus dem Zugfenster. „Die ist zwar sehr verdreckt, aber ein paar Zahlen kann man lesen. Eine 1 und eine 53 stehen da. Laut Fahrplan passt nur 11:53 Uhr, wir befinden uns also erst in Kratz-Eisingen.“ Tilo atmete erleichtert auf.
Eine Dreiviertelstunde später stiegen die vier am Bahnhof Tannengrund aus dem Zug. Sofort wollten sie sich auf den Weg zum Buckligen Berg machen, doch Opa Kieselklein kam mit der Wanderkarte nicht allzu gut zurecht. Daher trat Lilo auf einen Mann zu, der vor seinem Wirtshaus den Gehweg fegte, und fragte nach dem Weg. – „Auf den Buckligen Berg wollt ihr wandern? Das hat sich ja schon seit Jahren niemand mehr getraut. Der Legende nach soll dort ein Gespenst sein Unwesen treiben! Kommt mit hinein, ich erzähle euch die Geschichte bei einer schönen Tasse Tee.“
Die vier folgten dem freundlichen Wirt in sein Gasthaus und ließen sich von ihm die spannende Geschichte vom verspukten Berg erzählen. Doch Tilo hörte gar nicht richtig zu. Ihm waren einige zwielichtige Personen aufgefallen, die er im Auge behalten wollte. **Welche Personen fand Tilo verdächtig und warum?**

Zeitung
Einbruch leicht gemacht

Ein Blinder, der Zeitung las, eine Frau mit Pistole im Strumpfband, ein Mann mit Messer in der Socke und ein Herr, der seine Zeitung verkehrt herum hielt, sowie eine junge Frau, die ein Buch mit dem Titel „Einbruch leicht gemacht" las – das Gasthaus war voll mit verdächtigen Gestalten. Tilo war froh, als sie sich endlich auf den Weg machten. Den Warnungen des Wirts hatten sie nicht viel Glauben geschenkt. Gespenster gab es nicht! Nur vor wilden Tieren musste man sich vorsehen!

Findest du einen sicheren Weg auf den Berg?

„Ich fand die Gespenstergeschichte lustig, die der Wirt uns vorhin erzählt hat", meinte Lilo, nachdem sie einige Zeit durch den Wald gewandert waren. „Wie die Leute bloß immer auf solche verrückten Geschichten kommen." – „Das haben sich die Tannengrunder bestimmt nur ausgedacht, um ihren schönen Berg für sich allein zu haben", antwortete der Großvater. „Ein Gespenst, das die Wanderer vom Buckligen Berg fernhält … das klingt mir sehr nach zu viel Fantasie!"

Doch kaum hatte Kurt Kieselklein seinen Satz beendet, als ein markerschütterndes Geheul die Stille des Waldes zerriss. Und als die Detektive suchend ihre Köpfe hoben, glaubten sie ihren Augen nicht zu trauen: Hoch über ihnen schwebte eine fahle Gestalt mit schrecklicher Fratze. Das Gespenst! Das war doch nicht möglich! Gurke nahm sofort Reißaus. Die restlichen Kieselkleins jedoch starrten ungläubig und geschockt dem Gespenst hinterher, das – in ein zerrissenes Tuch gehüllt – durch die Bäume sauste und einen Moment später wieder zwischen den Ästen veschwand. Sollte an der Geschichte des Wirts etwa doch etwas Wahres dran sein? Doch dann schmunzelte Tilo. „Lasst uns Gurke einfangen. Das Gespenst ist nicht echt. Ich weiß, was es mit dem Spuk auf sich hat!"

Was hatte Tilo herausgefunden?

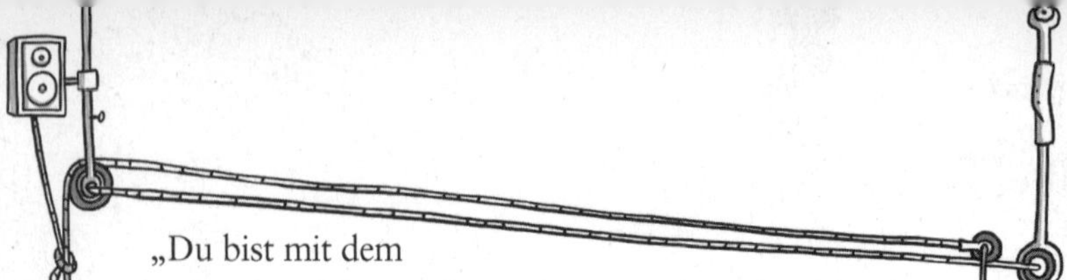

„Du bist mit dem
Fuß gegen dieses Stolperseil getreten, Opa“, erklärte Tilo. „Das Seil führt zu einem Mechanismus in den Baumkronen, der das ‚Gespenst‘ in Bewegung gesetzt hat. Schaut mal, Gurke hat es bereits entdeckt; es handelt sich nur um eine Puppe. Und die gruseligen Geräusche kamen aus einer Box, die ebenfalls im Baum versteckt ist!“

„Da will uns wohl jemand um jeden Preis vom Berg fernhalten“, brummte Opa Kieselklein. „Aber jetzt bin ich erst recht neugierig geworden! Was meint ihr, wollen wir dem Geheimnis auf den Grund gehen?“– „Auf jeden Fall!“, riefen Lilo und Tilo gleichzeitig.
Entschlossen gingen sie tiefer in den Wald hinein. Doch bereits nach wenigen Metern endete der Weg abrupt an einem Bach. „Höchst sonderbar“, bemerkte der Großvater. „Laut Karte müsste dieser Weg noch weiter auf den Berg führen und nicht im Nirgendwo enden!“
„Tut er auch nicht“, erwiderte Lilo, die einen kaputten alten Baum hinaufgeklettert war und sich umsah. „Hier will nur jemand ungestört bleiben. Und ich weiß auch schon ziemlich sicher, in welche Richtung wir laufen müssen, um ihn zu finden.”

Woher wusste Lilo den Weg?

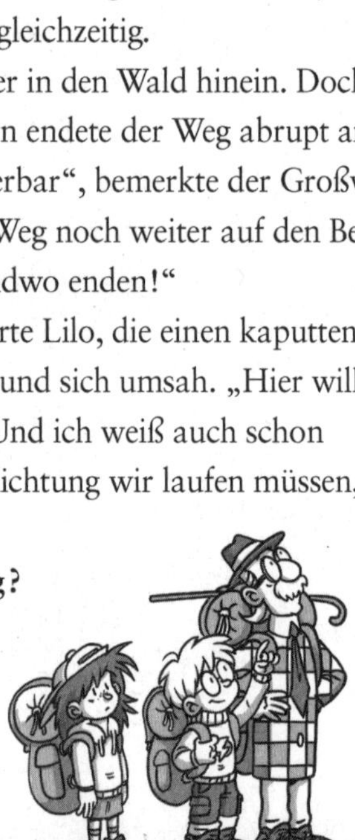

Nachdem Lilo den anderen die Rauchsäule gezeigt hatte, die hinter den Bäumen aufstieg, war allen klar, dass dort offenbar jemand leben musste. Und tatsächlich: Als die Detektive sich in diese Richtung aufmachten, entdeckten sie plötzlich ein künstliches Gebüsch auf Rollen, das sich zur Seite schieben ließ und so einen verborgenen Weg freigab. Es wurde immer geheimnisvoller.
Aufgeregt schlüpften sie einer nach dem anderen an dem Strauch vorbei und schlichen vorsichtig den dahinterliegenden Weg entlang. Schließlich gelangten sie auf eine Lichtung, auf der eine windschiefe Hütte stand. Aus dem Schornstein stieg Rauch auf. Offenbar hatte hier jemand ein Feuer im Ofen entzündet.
„Wer seid ihr und was wollt ihr hier?“, ertönte plötzlich eine schrille Stimme. Sie gehörte einem alten Mann, der wutschnaubend aus der Hütte gerannt kam. „Warum hat euch das Gespenst nicht vertrieben? Seid ihr etwa gekommen, um meinen Schatz zu finden? Oder wollt ihr mir auch noch meine letzten Schaufeln stehlen?“
Kurt Kieselklein schaute den kleinen Mann streng an. „Oh, Ihr ‚Gespenst‘ haben wir gesehen. Damit können Sie uns allerdings nicht abschrecken. Wir wissen nichts von einem Schatz. Und was Ihre verschwundenen Schaufeln angeht: Sieben davon stecken und liegen hier überall herum.“

Kannst du die vermissten Schaufeln entdecken?

WEG!
NEIN
STOP

Opa Kieselklein hatte alle sieben Schaufeln entdeckt: An der Wäscheleine, als Schirmständer, rechts im Baum als Vogelnest, als Stütze des Balkongeländers, zwischen den Steinen links sowie als Sprosse an der kleinen Leiter zum Haus. Und nicht zu vergessen als Halterung des Stoppschildes mit dem Totenkopf links.

Nachdem alle Schaufeln eingesammelt waren, wurde der Alte gleich viel freundlicher. „Ihr müsst verzeihen, aber es gibt hier in der Gegend so viele Halunken, da muss man vorsichtig sein, sonst kommen sie her und stehlen mir meinen Schatz." – Die Detektive wurden sofort hellhörig. Ein Schatz? – „Wisst ihr", begann der alte Mann, „mein Bruder, der alte Spitzbube, ist vor einigen Monaten verstorben und er hat mir diese Hütte und eine Schatzkarte hinterlassen. Angeblich hat er hier ein kleines Vermögen versteckt. Keine Ahnung, was er damit meinte. Mein Bruder war kein reicher Mann, eher im Gegenteil. Vermutlich handelt es sich sogar um Diebesbeute, er war ständig in irgendwelche Gaunereien verstrickt. Ich habe schon die ganze Gegend abgesucht, bin aber noch nicht fündig geworden." Dann zog er die Schatzkarte aus der Tasche und zeigte sie den vieren. „Man muss nach einem X Ausschau halten."

Kannst du das X entdecken?

W
Y
Z

Nachdem die kleine Gruppe Schatzsucher gemeinsam eine Weile die Gegend abgesucht hatte, bemerkte Tilo, dass der Sand an einer Stelle des Weges eine ganze andere, dunklere Farbe hatte als überall sonst. Und die Stelle befand sich genau an einer Kreuzung. Eine Kreuzung? Ein Kreuz! Natürlich! Sofort erzählte er den anderen von seinem Fund und sie begannen zu buddeln. Und tatsächlich wurden sie bereits nach kurzer Zeit fündig. Der alte Mann konnte sein Glück nicht fassen. Mit vereinten Kräften zogen die Freunde eine Kiste aus der Erde. Sie hatten den Schatz gefunden! Doch noch waren sie nicht am Ziel. Die Truhe war mit einem soliden Zahlenschloss gesichert, auf dem anstelle von Zahlen allerlei fremdartige Zeichen standen. Die Detektive waren ratlos. „Kommt, lasst uns die Truhe zu meiner Hütte transportieren“, schlug der alte Einsiedler vor. „Dort habe ich jede Menge Werkzeug. Vielleicht können wir die Truhe damit aufbrechen.“

„Ich glaube, wir bekommen das Schloss auch so auf“, grübelte Lilo. „Mir ist eingefallen, woher ich die Schriftzeichen kenne, und ich weiß, wo wir die Kombination finden!“ **Wo hatte Lilo die Zeichen bereits gesehen?**

Zurück in der Hütte zeigte Lilo den anderen die drei Schriftzeichen, die sie auf der Rückseite der Schatzkarte entdeckt hatte. Stellte man die richtige Zeichenkombination auf dem Schloss ein, so ließ sich dieses problemlos öffnen. Im Inneren der Kiste befand sich ein Leinensack und als sie hineinschauten, machten alle große Augen: Zum Vorschein kam eine goldene Statue, die über und über mit Perlen und Diamanten besetzt war. „Die Figur kommt mir bekannt vor", bemerkte Opa Kieselklein. „Wenn mich nicht alles täuscht, handelt es sich um die antike Statue einer Gottheit aus dem Amazonasgebiet, die vor einigen Monaten aus dem Museum Gräulich entwendet wurde."

Plötzlich hörten sie ein Krachen aus dem oberen Stock. Eilig stürzten alle die Treppe nach oben. Dort sahen sie, dass ein Stein durchs Fenster ins Zimmer geworfen worden war.
„Was zum Geier soll das denn?", brummte der Einsiedler.
Tilo erstarrte. „Oh nein, die Statue!", rief er entsetzt. Keiner von ihnen hatte daran gedacht, die Figur mitzunehmen! Was, wenn das nur ein Ablenkungsmanöver war? Und tatsächlich, als die kleine Gruppe nach unten zurückkehrte, war die Statue verschwunden! Jemand hatte sie gestohlen! –
„Keine Panik!", beruhigte Lilo die anderen. „Ich habe schon einen Verdacht, wer das gewesen sein könnte! Und diesen Jemand haben wir heute schon im Wirtshaus getroffen."
Wen meinte Lilo und wie kam sie darauf?

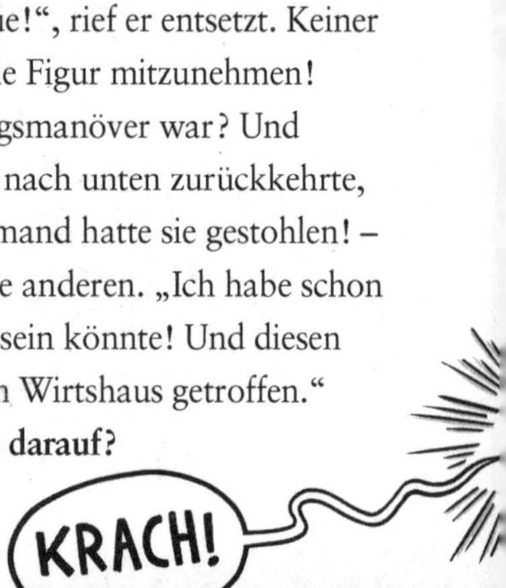

OBEN
Cola

Lilo waren die merkwürdigen Fußspuren aufgefallen, die vom Tatort wegführten. Ein linker Schuhabdruck, aber anstelle eines rechten immer nur ein Punkt. Diese Spur konnte nur von einem Mann mit Holzbein kommen. Und die vier hatten in Tannengrund nur eine Person getroffen, auf die diese Beschreibung zutraf: den Wirt in der Tannenschenke.

Sofort machte sich der Knobelklub Kieselklein gemeinsam mit dem alten Einsiedler auf den Weg zurück ins Dorf. Dort angekommen spurtete Lilo los, um jemanden von der örtlichen Polizei dazuzuholen. Wenig später betraten sie gemeinsam mit einer Beamtin das Gasthaus. Sie fanden den Wirt völlig durchgeschwitzt im Flur der Schenke, wo er gerade den Boden wischte.

„Was wollen Sie eigentlich von mir?“, rief er aufgebracht, nachdem sie ihn auf den Diebstahl angesprochen hatten. „Ich war die ganze Zeit hier! Und ich weiß auch nichts von einer gestohlenen Statue! Sie können sich gern umschauen, aber sie werden nichts finden! Und nun lassen Sie mich bitte meine Arbeit machen. Mir ist der Wassereimer umgefallen und ich muss die Sauerei aufwischen!“

Tilo und Gurke wollten schon die Treppe zum oberen Stockwerk hochlaufen, da rief Opa Kieselklein sie zurück: „Dort oben müsst ihr gar nicht nachsehen, ich glaube, ich weiß, wo die Beute versteckt ist!“

Wo vermutete Opa die Statue?

„Mein guter Mann", begann Opa Kieselklein, „wenn Ihnen wirklich gerade der Eimer umgefallen wäre, dann dürfte er nicht randvoll mit Wasser sein. Es sei denn, Sie haben etwas in aller Eile darin versenkt!" – Und tatsächlich fand Tilo nach einem beherzten Griff ins schmutzige Wasser die Statue, die der Wirt im Eimer versteckt hatte. „Verflixt", knurrte der Wirt, während ihm die Polizistin die Handschellen anlegte. „Da habe ich endlich die Statue gefunden, die mein Komplize vor seinem Tod im Wald versteckt hat, und dann geht alles schief! Und das so kurz vor dem Ziel." – „Oje", seufzte der alte Einsiedler. „Mein Bruder war also tatsächlich ein schlimmer Halunke. Bitte lasst uns schnell dem Museum Bescheid geben. Mit dieser Sache will ich nichts zu tun haben!"

Museumsdirektor Gräulich war ganz aus dem Häuschen, als die Detektive ihm am nächsten Tag das lang vermisste Kunstobjekt übergaben. Endlich war „Der goldene Grinsegnom", so hieß die Statue, wieder an seinem Platz im Lichtsaal des Museums. Der alte Schatzsucher erhielt einen stattlichen Finderlohn ausgezahlt und der Knobelklub Kieselklein freute sich, dass sie wieder einmal einen kniffligen Fall gelöst hatten. So waren am Ende alle zufrieden. Nur Tilo schaute sich irritiert um.

Wo war eigentlich Gurke geblieben?

HETZJAGD DURCH DIE GROSSE STADT

Oma Klara Kieselklein hatte beim Kreuzworträtseln in der Illustrierten eine Wochenendreise inklusive Hotelübernachtungen in einem anderen Land gewonnen. Doch dummerweise hatte sie sich vor einigen Tagen böse den Knöchel verknackst. Daher blieb sie lieber zu Hause und schickte stattdessen ihren Mann und ihre Enkel auf die Reise. Die Kinder freuten sich riesig. Nachdem sie sich von Oma Klara verabschiedet und versprochen hatten, jeden Tag eine Karte zu schreiben, stiegen Lilo, Tilo, Gurke und Opa Kieselklein am Donnerstagabend in den Zug.
Nach einer langen Fahrt im Schlafwagen stiegen die vier am nächsten Morgen in ihrem Hotel ab, stellten ihre Koffer ins Zimmer und machten sich auf, die Stadt zu erkunden.
Auf den Straßen war bereits reger Betrieb. Die Leute gingen zur Arbeit oder saßen in den Cafés und tranken einen Frühstückskaffee in der Morgensonne. Auch einige Touristen schlenderten bereits durch die Altstadt.
Fröhlich bummelten die Kieselkleins durch die Straßen und Gassen, während Gurke sich einen Spaß daraus machte, Tauben zu jagen. Alles wirkte so friedlich, doch gewiss wartete hinter der nächsten Ecke schon ein neues Abenteuer auf sie!
In welcher Stadt befanden sich die Detektive?

ROPOLITAIN
BISTRO

Natürlich befanden sich die Kieselkleins in Paris, der Hauptstadt Frankreichs, wie man auf der Wimpelkette über der Straße in Spiegelschrift lesen und am Eiffelturm hinter den Dächern erkennen konnte.

Gerade wollten sich die vier auf den Weg zur Kathedrale von Notre-Dame machen, als hinter ihnen plötzlich ein schriller Schrei ertönte. Die vier Detektive beobachteten, wie eine maskierte Gestalt einer offenbar wohlhabenden Dame einen Koffer aus der Hand riss und damit davonlief. Sofort nahm der Knobelklub die Verfolgung auf.

Während die Kinder versuchten, den Dieb in der Menschenmenge nicht zu verlieren, unterhielt sich Opa Kieselklein noch kurz mit der bestohlenen Frau. Wenig später stieß er wieder zu seinen Enkeln.

„Die Dame war mit ihrem Schmuckkoffer gerade auf dem Weg zum Juwelier. Mein Französisch ist ein wenig eingerostet, aber so viel habe ich verstanden“, berichtete der Großvater. „Wir haben Telefonnummern ausgetauscht und sie gab mir auf die Schnelle noch ein Foto der Schmuckstücke mit, damit wir sie erkennen, wenn wir sie finden. Sie verständigt gerade die Polizei. Habt ihr den Dieb im Auge?“

„Ja, ich habe ihn gerade wiederentdeckt“, entgegnete Lilo. „Dort drüben ist er, aber wir sollten uns beeilen, sonst entkommt er uns!“

Wo hatte Lilo den Dieb entdeckt?

Rasch liefen die vier die Treppe hinunter und unter die Brücke, wo die verdächtige Person auf ein Fahrrad gestiegen war. Lilo hatte den Dieb an dem Loch in seinem Hosenbein wiedererkannt, das der Pudel der reichen Dame dort hineingebissen hatte. Doch die Detektive kamen zu spät, sie konnten nur noch hilflos zusehen, wie der Dieb auf seinem Rad davonsauste. Aber so leicht gab sich der Knobelklub Kieselklein nicht geschlagen! So schnell sie konnten, folgten sie dem Dieb, doch schon nach wenigen Minuten hatten sie ihn dann endgültig aus den Augen verloren.
Vor einer Kreuzung blieben die Geschwister stehen und schauten sich ratlos an, und auch Gurke schnüffelte irritiert mal hier und mal dort entlang. Wo war der Dieb nur langgefahren?
Schnaufend stieß kurz darauf endlich auch der Großvater zu seinen Enkeln. „Nun?“, fragte er, nachdem er wieder etwas zu Atem gekommen war, und schaute die Kinder verwundert an. „Warum bleibt ihr stehen? Los, weiter, sonst entkommt er uns!“ – „Aber wir wissen nicht wo lang“, erwiderte Tilo kleinlaut. – „Kein Problem, folgt mir!“, rief Opa Kieselklein und deutete in eine der Straßen. Tilo und Lilo war sofort klar, was ihrem Großvater aufgefallen war.
Welchen Weg hatte der Dieb genommen?

Der Verdächtige hatte natürlich den oberen Weg gewählt, denn nur hier flatterten die Tauben aufgescheucht herum. Alle anderen Richtungen konnte er nicht genommen haben, weil dort die Vögel noch ganz ruhig auf der Straße saßen oder aber der Weg durch eine Absperrung blockiert war. Und durch die große Pfütze konnte er auch nicht gefahren sein, da keine Reifenspuren hindurchführten.
Die Detektive folgten der Straße. Nach etwa einem halben Kilometer kamen sie zu einem Flohmarktgelände. Und direkt vor dem Eingang entdeckten sie auch das Fahrrad des Diebes, das an einer Laterne lehnte. Schnell holte Tilo aus seinen Taschen einige stabile Kabelbinder und befestigte damit das Fahrrad an der Lampenstange. „Das wird unseren Verdächtigen hoffentlich lang genug aufhalten, falls er wieder fliehen will!“ Er grinste zufrieden. „Kommt, lasst uns nach dem Täter suchen. Er muss hier irgendwo sein!“
Die Detektive schauten sich aufmerksam zwischen den Buden des Flohmarktes um, doch die verdächtige Person konnten sie nicht entdecken. An einem Stand mit allerlei Trödel stutzte Opa Kieselklein plötzlich und zog das Foto vom Schmuck der alten Dame aus der Tasche. Und tatsächlich, eines der gestohlenen Stücke war hier! **Wo hatte Opa welches Schmuckstück entdeckt?**

(*Flohmarkt)

Kurt Kieselklein zeigte auf die Fischbrosche, die er am Shirt der Flohmarkthändlerin entdeckt hatte. „Woher haben Sie dieses Schmuckstück?“, stellte er die Verkäuferin in gebrochenem Französisch zur Rede. „Das ist Diebesgut!“
Die Verkäuferin riss überrascht die Augen auf. Aufgeregt redete sie auf den Großvater ein. Doch dabei sprach sie so schnell, dass er kaum etwas verstand. Entnervt deutete sie schließlich in die Menge, wo sich gerade eine Person zwischen den Ständen hindurchschob.
Opa Kieselklein bedankte sich für die Hilfe und nahm noch schnell die Visitenkarte der Verkäuferin, um sich später mit ihr in Verbindung setzen zu können. Dann lief er seinen Enkeln hinterher, die bereits die Verfolgung aufgenommen hatten. Im nächsten Flohmarktgang holte er sie ein. „Der Dieb muss hier irgendwo sein, haltet die Augen offen!“, bemerkte der Opa schwer atmend.
Und tatsächlich: Als sie um die nächste Ecke bogen, entdeckte Gurke die Mütze des Verdächtigen, die dieser offenbar verloren hatte. Sie waren also auf der richtigen Spur!
Plötzlich sprintete eine Gestalt an ihnen vorbei zum Ausgang des Flohmarkts. Sofort rannten die vier hinterher. Diesmal würde ihnen der Dieb nicht entwischen. Doch dann stutzte Lilo und blieb stehen. „Moment! Wartet mal kurz. Mir ist gerade etwas aufgefallen! Das ist gar nicht unser Dieb. Der muss sich woanders verbergen.“
Wie kam Lilo darauf?

„Das ist nicht unser Dieb“, sagte Lilo noch mal. „Schaut doch, er hat gar kein Loch in seinem Hosenbein. Und er hat auch keinen Koffer dabei. Wahrscheinlich wollte der Mann lediglich seinen Bus nicht verpassen und hat sich deswegen beeilt.“
Die vier Detektive sahen sich aufmerksam um. Der Dieb musste immer noch hier sein. Plötzlich machte Lilo große Augen: Direkt neben ihr an einem Flohmarktstand befand sich die gesuchte Person mit dem Koffer und tat ganz unbeteiligt. Doch zu ihrer Überraschung handelte es sich um eine Frau! Das hatten die Detektive zuvor aufgrund der Vermummung von Gesicht und Haaren nicht erkennen können. Als die Verdächtige bemerkte, dass sie erkannt worden war, schnappte sie sich den Koffer und nahm die Beine in die Hand. Die Detektive folgten ihr auf dem Fuße. Die Diebin verließ den Flohmarkt und rannte über eine belebte Straße, hinein in eine schmale Gasse. Kurz mussten die Kieselkleins einige Autos passieren lassen, dann erst konnten sie der Verdächtigen folgen. Kurz darauf standen sie zu ihrer großen Überraschung in einer Sackgasse. Der Weg endete in einem Hinterhof und von der Frau mit dem Koffer fehlte jede Spur. Doch dann stieß Gurke einen Ruf aus: Er hatte entdeckt, welchen Weg die Täterin genommen haben musste.

Was hatte Gurke entdeckt?

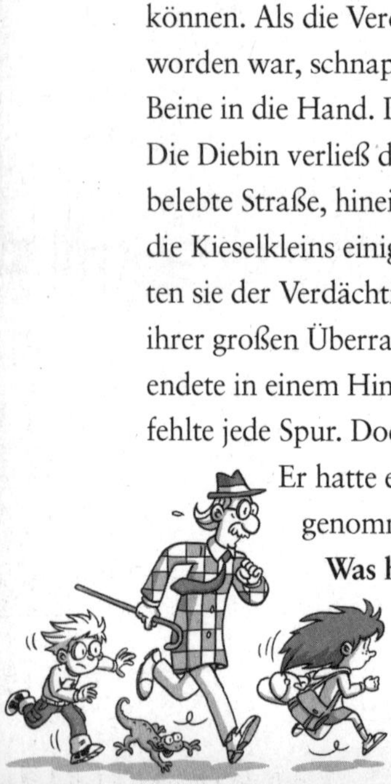

Gurke deutete auf die Finger der Täterin, die gerade dabei waren, den Gullideckel zuzuziehen. Schleunigst suchte Tilo in seinen Hosentaschen nach einer Taschenlampe, dann nahmen die vier erneut die Verfolgung auf, hinein in das Labyrinth der Kanalisationsrohre.

Welchen Weg müssen die Freunde nehmen?

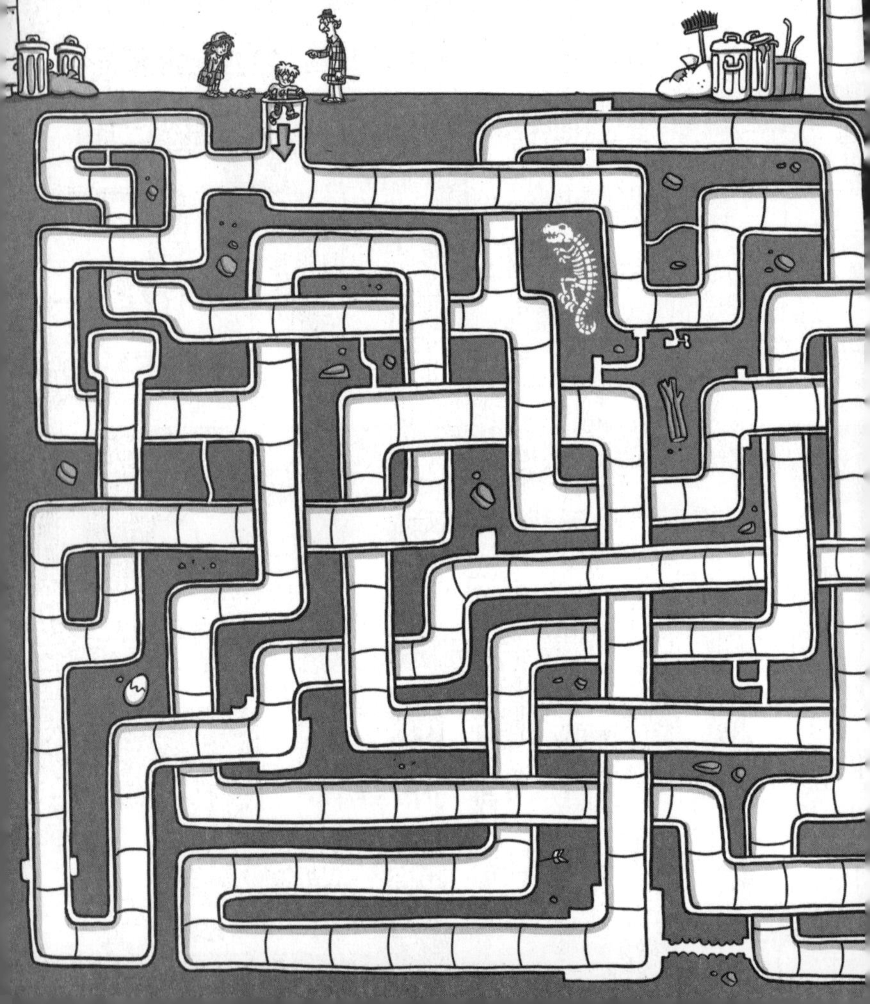

LEER

Die vier vom Knobelklub Kieselklein folgten der Frau mit dem Schmuckkoffer kreuz und quer durch die Unterwelt der Pariser Kanalisation. Zum Glück waren ihre Fußspuren gut im matschigen Untergrund zu erkennen, sodass die Verfolgung ein Kinderspiel war. Die Detektive kamen gut voran, sie rechneten jeden Moment damit, die Flüchtende hinter der nächsten Tunnelbiegung einzuholen. Doch plötzlich endete die Spur. Hatte die Gaunerin etwa ihren Fehler bemerkt und ihre Spuren verwischt?
„Seid mal still!“, zischte Lilo und alle vier horchten angestrengt in die Tunnel hinein. Da! Waren da nicht Schritte aus dem Gang dort vorn rechts zu hören?
So leise wie möglich schlichen die Kieselkleins in den Tunnel hinein. Direkt vor ihnen ertönte ein metallisches Klackern, gefolgt von einem Schaben. Doch als sie die Stelle erreichten, war von der Verdächtigen nichts mehr zu sehen.
Aber weit konnte die Flüchtige nicht sein, sie waren ihr dicht auf den Fersen.
Doch sosehr die vier auch lauschten, es war kein Geräusch mehr zu hören. Sollte ihnen die Diebin letzten Endes doch noch entkommen sein?
„Aber hallo!“, rief Tilo plötzlich. „So schnell geben wir uns nicht geschlagen! Ich glaube, ich weiß, welchen Weg die Frau genommen hat.“
In welche Richtung war die Diebin geflüchtet?

Die matschigen Schuhabdrücke der Schmuckdiebin waren deutlich zu erkennen. Sie führten die Metallstufen an der rechten Wand hinauf, dann über die Rohre zur Leiter, und dort war sie offenbar emporgestiegen. Die Detektive machten sich gleich an den Aufstieg.
Doch oben angekommen lief ihnen ein kalter Schauer den Rücken hinab und sie glaubten, ihren Augen nicht zu trauen. Wo waren sie denn hier gelandet?
Der Schacht führte auf einen finsteren Friedhof, in dessen Mitte eine junge Frau aus Leibeskräften schrie. Von allen Seiten schlurften und wankten schauerliche Gestalten auf sie zu, die aussahen wie ... Zombies!
Mit offenem Mund starrten Lilo und Tilo auf die Szene vor ihnen. Das konnte doch nicht sein! Zombies gab es doch gar nicht wirklich! Oder doch?
Schon wollte Tilo todesmutig der Frau zu Hilfe eilen, als er von Lilo am Ärmel zurückgehalten wurde.
„Nicht so schnell, Bruderherz!“, sagte sie schmunzelnd. „Hast du denn gar nicht bemerkt, wo wir sind? Schau dich einmal um, hier ist nicht alles so, wie es scheint. Lasst uns lieber versuchen, unauffällig hinauszuschleichen und der Täterin zu folgen. Ich habe nämlich gerade entdeckt, wohin sie entwischt ist.“
Was hatte Lilo entdeckt und wohin war die Diebin geflüchtet?

R.I.P.

Die Detektive waren offenbar mitten in die Dreharbeiten zu einem Gruselfilm geplatzt, wie Lilo mit einem Blick auf die unter der Decke hängenden Scheinwerfer und die künstliche Friedhofshintergrundkulisse richtig vermutete. Dabei hatte sie auch die Diebin entdeckt, die gerade durch eine verborgene Tür auf der linken Seite des Filmsets zu entkommen versuchte. Gerade wollten sich die vier an die Verfolgung machen, als plötzlich ein Wutschrei aus dem Dunkel des Raumes ertönte und die Lichter in der Halle angingen. Wutentbrannt stürmte ein kleiner Mann, offenbar der Regisseur des Films, hinter der Kamera hervor. Er ruderte wild mit den Armen und stieß allerlei Verwünschungen auf Französisch aus, bei denen der Großvater heilfroh war, dass seine Enkel nichts davon verstehen konnten.

Eilig erklärte der Großvater dem Filmteam die Situation, entschuldigte sich vielmals und folgte dann seinen Enkeln, die der Diebin bereits hinterher gelaufen waren. Den vom Filmteam dazugerufenen Sicherheitsmann nahm er gleich mit. Hinter der Tür lag ein langer Flur voller Gerümpel. Doch von der Verdächtigen war keine Spur mehr zu entdecken. Abermals schien es, als wäre sie ihnen entwischt.

„Moment!“, rief Tilo plötzlich. „Da ist sie. Los, hinterher, sie darf uns nicht entkommen!“

Wo hatte Tilo die Diebin gesehen?

Tilo hatte den Schatten der flüchtenden Gaunerin, der durch die Fensterscheibe fiel, am Boden entdeckt. Das konnte nur bedeuten, dass sie durch eines der Fenster in die benachbarte Halle geklettert war, um so den Detektiven zu entkommen.
Ohne zu zögern, kletterten ihr die vier Detektive und der Sicherheitsmann hinterher. So schnell sie konnten, liefen sie einen längeren Gang entlang, bis zu einem Raum, der offenbar als Requisitenlager genutzt wurde. Überall lagen Kostüme, Verkleidungen und alle möglichen Gegenstände herum, und in den Ecken stapelten sich Teile von Filmsets. Der Raum hatte nur eine Tür – und durch die waren sie gerade hereingekommen. Die Diebin saß also in der Falle! Doch wo hatte sie sich versteckt?
Lilo, Tilo und Gurke begannen sofort, den Raum zu inspizieren. Aber sosehr sie auch suchten, es war keine Spur von der Ganovin zu entdecken.
„Das darf doch nicht wahr sein!“, rief Lilo aufgebracht. „Sie kann sich doch nicht in Luft aufgelöst haben!“
„Einen Moment, bitte“, schnaufte Opa Kieselklein, der soeben als Letzter den Raum betreten hatte. „Manchmal zahlt es sich aus, nicht ganz so schnell zu sein, sonst entgeht einem das eine oder andere Detail. Ich denke, ich weiß, wo sich die Frau verborgen hat.“ Er winkte den Sicherheitsmann zu sich und führte ihn direkt zum Versteck der Diebin.
Wo hatte Kurt Kieselklein die Gesuchte entdeckt?

Der Großvater führte die Gruppe aus dem Requisitenraum hinaus und zurück in den Gang, durch den die Detektive noch vor wenigen Augenblicken hindurchgerannt waren. Genau in der Mitte des Flures blieb er vor der lebensgroßen Puppe eines Monsters mit Hörnern und Flügeln stehen und schmunzelte: „Gelegentlich übersieht man etwas, wenn man zu schnell unterwegs ist. Dieses Monster hier trägt zum Beispiel die gleichen Schuhe wie unsere Diebin. Und sieht das dort nicht auch wie der gestohlene Koffer aus?"
Da kam plötzlich Leben in die Figur, und die anderen begriffen, dass Opa Kieselklein recht hatte. Schnell packte der Wachmann zu und hielt das strampelnde Monster fest. Als die Freunde der Figur den Plastikkopf abnahmen, schaute ihnen das wütende Gesicht der Diebin entgegen. Sie hatten sie also endlich erwischt!
Doch, oh Schreck, als Tilo den Koffer öffnete, war kein einziges Schmuckstück darin. Die Gaunerin hatte offenbar noch Zeit gehabt, ihr Diebesgut irgendwo zu verstecken. Und ohne Beute konnte man ihr keinerlei Straftat nachweisen. Die Polizei müsste sie womöglich laufen lassen. Das durfte nicht passieren!
Doch da entdeckte Gurke etwas in der anderen Ecke des Korridors. „Schaut mal!", rief Tilo und lachte. „Unser Gecko hat den Schmuck gefunden. Seht, dort hängt er. Die Diebin hatte wohl doch keine Zeit mehr, ihn vernünftig zu verstecken!"
Woran war der Schmuck befestigt?

1 2 3 4 5 6 7 8 9 10 11 12 13 14 15 16 17 18 19 20 21 22 23 24 25 26 27 28 29 30 31 32 33 34 35 36 37 38 39 40 41 42 43 44 45 46 47 48 49 50 51 52 53 54 55 56 57 58 59 60 61 62 63 64 65 66 67 68 69 70 71 72 73 74 75 76 77 78 79 80 81 82 83 84 85 86 87 88 89 90 91 92 93 94 95 96 97 98 99 100

Die Polizei kam und nahm die Diebin in Gewahrsam. Der Schmuck wurde vom Kopf der Einhornstatue gesammelt und beschlagnahmt.
Nachdem die Detektive ihre Zeugenaussagen auf dem Polizeirevier zu Protokoll gegeben hatten, gaben sie der Besitzerin den gestohlenen Schmuck zurück. Überglücklich bedankte sie sich beim Knobelklub Kieselklein.
Einige Zeit später schlenderten die vier gemütlich durch eine weitläufige Parkanlage auf den Eiffelturm zu. Endlich konnten sie sich den Sehenswürdigkeiten von Paris widmen.
„Ich weiß nicht, wie es euch geht", überlegte Tilo, „aber ich finde, wir haben irgendwie trotzdem schon richtig viel von Paris gesehen. Oma wird staunen, wenn wir ihr von dem Kriminalfall erzählen."
Der Großvater schmunzelte und legte die Arme um seine Enkel. „Ich glaube, eure Oma würde sich eher wundern, wenn wir ihr keine Abenteuer zu berichten hätten. Mit euch drei Superdetektiven erlebt man einfach immer die verrücktesten Geschichten!"
„Apropos drei Detektive …" Lilo stutzte. „Wo ist eigentlich Gurke? Nicht, dass er hier verloren geht!"
„Keine Sorge!", beruhigte sie ihr Bruder und grinste. „Ich weiß, wo er steckt. Er ist ganz in der Nähe und wollte sich offenbar auch ein wenig die Stadt ansehen!"
Wo steckte Gurke diesmal?

I ♥ PARIS

DER HOHLE ZAHN

Wie jeden Tag ging Oma Kieselklein nach dem Abendessen mit Gurke eine Runde Gassi durch ihr Wohnviertel. Als sie gerade einen Moment neben Gurkes Lieblingshydranten warten musste, fiel ihr Blick auf einige sonderbare Schriftzeichen an einer Mauer, die jemand dort mit Kreidestift hingezeichnet hatte. „Sonderbar“, murmelte sie, „die waren aber gestern noch nicht da. Na, wenn das nicht ein Rätsel für meinen lieben Knobelklub ist!“ Schnell notierte sie sich die seltsamen Zeichen auf einen Zettel, um sie zu Hause ihrem Mann und den Enkeln zu zeigen.
Und tatsächlich machten sich Tilo, Lilo und Kurt Kieselklein nach Omas Rückkehr voller Begeisterung an die Arbeit, um herauszufinden, was es mit den sonderbaren Zeichen auf sich hatte.
„Ich habe das schon irgendwo mal gesehen ...“, murmelte Opa Kieselklein, während er konzentriert am Küchentisch saß und in einem Buch über Geheimschriften und Codes blätterte. Plötzlich stutzte er. „Da, schaut mal, ich glaube, ich habe es gefunden: Es handelt sich um den sogenannten Halunken-Code.“ Er lächelte seine Enkel an und zeigte ihnen das Buch. „Damit sollten wir die Geheimschrift problemlos entschlüsseln können!“

Wie lautete die geheime Botschaft?

Der Halunken-Code:
A B C D E F
G H I J K L
M N O P Q R
S T U V W X
Y Z 1 2 3 4
5 6 7 8 9 0

„Ich hab's", rief Tilo kurz darauf. „Da steht: ‚Heute 20 Uhr. Haus leer. Diamanten im Schlafzimmer'." – „Da hat wohl jemand einen Einbruch geplant", kombinierte Lilo. „Und mit der Botschaft hat er seinem Komplizen Bescheid gegeben." – „Ihr habt recht, Kinder", sagte Kurt Kieselklein. „Und die Nachricht war gestern noch nicht da, Klara? Dann ist das Verbrechen wahrscheinlich für heute geplant. Es ist gleich halb acht. Kommt mit, vielleicht erwischen wir den Täter auf frischer Tat!"

Als die Großeltern gemeinsam mit ihren Enkeln und Gurke vor dem Haus eintrafen, an dessen Mauer Oma Klara die Nachricht gefunden hatte, schien auf den ersten Blick alles ruhig zu sein. Das Haus gehörte den Plombingers, einem wohlhabenden Zahnarztehepaar.

Nach einigem Überlegen entschieden sich die Detektive, über das Gartentor zu klettern, um das Haus näher in Augenschein zu nehmen. Vorne konnten sie nichts Verdächtiges entdecken, doch als sie um das Gebäude herum zur Rückseite geschlichen waren, entdeckten sie dort ein offenes Fenster. „Was meint ihr? Ob sich hier bereits jemand Zutritt verschafft hat?", überlegte Lilo. – „Gut möglich", grübelte Opa Kieselklein. „Zumindest war irgendjemand eben noch hier. Und vielleicht ist er sogar gerade im Haus!" Sofort lief Oma Kieselklein los, um die Polizei zu verständigen.

Was hatte der Großvater gesehen?

7

„Seht ihr? Dort auf dem Weg, wo Oma entlanggelaufen ist. Da liegt eine rauchende Zigarettenkippe", flüsterte Opa Kieselklein seinen Enkeln zu. „Sie glüht noch, das heißt, sie ist eben erst dort hingeworfen worden. Jemand war also vor wenigen Minuten noch hier!"
„Worauf warten wir dann noch?", wisperte Tilo aufgeregt zurück. „Lasst uns im Haus nach dem Rechten sehen."
„Im Grunde sollten wir besser auf die Polizei warten. Aber wir können ja mal einen Blick durchs Fenster riskieren", überlegte der Großvater.
Vorsichtig legten sich alle drei Taschentücher über die Hände, damit sie keine Fingerabdrücke verwischten, und Kurt Kieselklein schob das Fenster ein Stück weiter hoch. Gleich darauf schauten die vier in das dunkle Zimmer. Alles wirkte ruhig. „Sekunde, ich möchte mal etwas überprüfen!", raunte Lilo den anderen zu. Dann beugte sie sich zu der unter dem Fenster stehenden Kommode hinunter und hauchte sanft auf deren auf Hochglanz polierte Oberfläche. Und tatsächlich: Dort konnte man nun deutlich mehrere Handabdrücke erkennen.
„Interessant!", brummte Opa Kieselklein. „Schaut euch die Richtung der Abdrücke an, sie können nur von jemandem stammen, der durch das Fenster hineingeklettert ist. Und die Spuren verraten uns noch etwas über den Halunken! Daran werden wir ihn später gut identifizieren können."

Wovon sprach Opa Kieselklein?

„Wenn ihr euch die Handabdrücke genauer anschaut, dann könnt ihr erkennen, dass der Person offenbar an der linken Hand ein Finger fehlt“, flüsterte der Großvater und zeigte auf die Abdrücke auf der Kommode. „Daran können wir den Täter später erkennen!“ – Die Geschwister nickten, das war ihnen gar nicht aufgefallen. – „Jetzt bin ich aber doch neugierig geworden. Wir schauen uns einmal ganz kurz im Haus um, aber wir müssen sehr, sehr vorsichtig sein“, warnte Opa Kieselklein. „Wir dürfen keine Spuren zerstören. Und womöglich ist der Ganove immer noch im Haus.“

Geräuschlos kletterten die vier ins Haus und untersuchten Zimmer für Zimmer, bis sie im Obergeschoss endlich auf das Schlafzimmer der Plombingers stießen. Die Tür stand offen. So leise wie möglich betraten sie den Raum und sahen sich aufmerksam um.

Der Täter war offenbar bereits hier gewesen: Die Türen und Schubladen der Schränke waren herausgezogen und durchwühlt worden. „Seht mal“, raunte Tilo. „Hier in dieser Skulptur eines Zahnes gibt es ein Geheimfach. Es wurde geöffnet und ist leer. Bestimmt waren dort die Diamanten versteckt!“

„Da magst du recht haben, Bruderherz“, flüsterte Lilo aufgeregt zurück, „aber bitte lasst uns jetzt alle schnell aus dem Zimmer verschwinden und die Tür blockieren! Der Einbrecher ist nämlich noch im Raum!“

Wo hatte Lilo den Einbrecher entdeckt?

Im Spiegel des Wandschrankes hatte Lilo gesehen, dass sich jemand hinter der Zimmertür versteckt hatte. Schnell verließen die Detektive das Zimmer, schlossen die Tür hinter sich und hielten von außen die Klinke hoch, damit der Einbrecher nicht fliehen konnte. Doch kurz darauf hörten sie, wie der Unbekannte durch das Zimmer lief, das Fenster öffnete und geräuschvoll hinauskletterte.
Augenblicke später näherte sich aus der Ferne eine Polizeisirene und schon kurz darauf hielt ein Einsatzwagen mit quietschenden Reifen vor dem Haus. Schnell rannten die vier die Treppe hinunter auf die Straße. Dort hatten die von Oma Kieselklein herbeigerufenen Beamten tatsächlich jemanden aufgegriffen und waren damit beschäftigt, seine Personalien aufzunehmen. „Das ist doch Lorenz Langfinger“, staunte der Großvater. „Dieser unverbesserliche Halunke wurde erst vor wenigen Tagen aus dem Gefängnis entlassen!“ – „Ich bin unschuldig“, empörte sich dieser. „Ich war nicht in dem Haus! Ich trage hier immer die Zeitung aus und war nur zufällig in der Gegend!“ – „Ich habe alles beobachtet!“, mischte sich da ein Nachbar ein, der aus seiner Tür zu der Gruppe getreten war. „Ich habe von meinem Fenster aus genau gesehen, wie Langfinger gerade eben das Haus durch ein Fenster im oberen Stockwerk verlassen hat!“
„Einer lügt“, überlegte Opa Kieselklein. „Und ich weiß auch schon wer!“

Was hatte der Großvater bemerkt?

Ein Blick auf den Nachbarn hatte Opa Kieselklein wachsam werden lassen: Dem Herrn fehlte ein Finger an der linken Hand. Womöglich war in Wahrheit er der Täter gewesen und suchte einen Sündenbock, dem er die Schuld in die Schuhe schieben konnte. Wer wäre da besser geeignet als ein vorbestrafter Zeitungsausträger?
Inzwischen war Langfinger gesprächig geworden. „Nein", gestand er reumütig, „ich bin nicht im Haus gewesen. Aber ich gebe zu, dass ich es vorgehabt habe. Bei meiner morgendlichen Runde als Zeitungsausträger habe ich die Botschaft in Halunken-Code an der Mauer entdeckt und als Tipp eines Gaunerkollegen verstanden. Aber bevor ich ins Haus einbrechen konnte, habt ihr mich erwischt. Mehr war nicht. Ehrenwort."
Gerade als die Beamten Langfinger abführen wollten, wandte sich der Großvater an die Polizisten und schilderte seinen Verdacht. – „Das ist doch absurd!", ereiferte sich der Nachbar und marschierte zurück auf sein Grundstück. „Diese Theorie müssen Sie mir erst einmal beweisen!" – „Nichts leichter als das!", erwiderte Tilo verschmitzt, nachdem er einen Blick über den Zaun geworfen hatte. „Sie hätten sich vielleicht ein bisschen mehr Mühe beim Verstecken der Beute geben müssen, aber es musste vorhin wohl alles sehr schnell gehen. Ich weiß, wo die Diamanten sind!"

Wo hatte Tilo die gestohlenen Diamanten entdeckt?

Der Nachbar wurde festgenommen und die Diamanten aus dem Vogelhaus im Baum sichergestellt. „Sie haben recht gehabt mit Langfinger“, brummte der geschnappte Dieb, während man ihm Handschellen anlegte. „Ich wusste, wer er war, und habe die Nachricht an der Mauer hinterlassen, damit er sie findet. Er sollte den Köder schlucken und um acht Uhr zum Haus kommen, da die Plombingers heute um sieben in die Oper wollten. Dann hätte ich die Polizei gerufen und die hätte Langfinger auf frischer Tat ertappt. Nur leider habe ich nicht rechtzeitig daran gedacht, die Botschaft von der Mauer wieder abzuwischen. So sind mir diese Detektive auf die Schliche gekommen. Ich hatte gerade noch Zeit, aus dem Haus zu entkommen und mir meinen Morgenmantel überzustreifen. Wenn ich zumindest ein bisschen mehr Zeit gehabt hätte, die Beute zu verstecken, dann …“
„Na, auf einen Fehler mehr oder weniger kommt es nicht mehr an“, schmunzelte der Großvater.
Inzwischen waren auch die Plombingers eingetroffen, die ihren Opernbesuch abgebrochen hatten, nachdem sie von der Polizei über den Einbruch informiert worden waren. Sie dankten den Detektiven überschwänglich für ihre Hilfe und ihren Einsatz. Und nachdem die Polizisten die Aussagen der Kieselkleins aufgenommen hatten, machten sich die vier müde, aber zufrieden auf den Weg nach Hause. Aber Moment: Fehlte da nicht jemand?
Wo steckte eigentlich Gurke?

WO HATTE SICH GURKE VERSTECKT? (AUFLÖSUNGEN)

Gurke liebt es, Verstecken zu spielen. Immer wieder müssen die Kieselkleins nach ihm suchen. In jeder der fünf Geschichten ist er am Ende verschwunden. Hast du ihn entdecken können?

Ein diebischer Zaubertrick:
Hier versteckt sich Gurke in der Kapuze des Weihnachtsmannes vorne links. Seine Schwanzspitze schaut heraus.

Die Dame mit Blume und Pudel:
Der Gecko verbirgt sich zwischen den Blättern der großen Topfpflanze auf der linken Seite.

Geisterstund' im Tannengrund:
Gurke hat sich zwischen die Hieroglyphen an der hinteren Museumswand links von der rechten Säule gemogelt.

Hetzjagd durch die große Stadt:
Gurke hat sich an den Drachen geklammert und genießt die Aussicht über den Park. Seine Pfoten und sein Schwanz verraten ihn jedoch.

Der hohle Zahn:
Gurke steckt im Laubhaufen auf der anderen Straßenseite.